Tutto BDSM

Trilogia Chef Sottomessa

Erika Sanders

1

Tutto BDSM
Trilogia Chef Sottomessa
Erika Sanders
Serie
Tutto BDSM

Sinossi

Si compone dei seguenti romanzi:
Chef Sottomessa 1
Chef Sottomessa 2
Chef Sottomessa 3

Tutto BDSM è un romanzo dal forte contenuto erotico BDSM e, a sua volta, un nuovo romanzo appartenente alla collana **Dominazione e Sottomissione Erotiche**, una serie di romanzi ad alto contenuto romantico ed erotico BDSM.

(Tutti i personaggi hanno almeno 18 anni)

Nota sull'autrice

Erika Sanders è una scrittrice di fama internazionale, tradotta in più di venti lingue, che firma i suoi scritti più erotici, lontani dalla sua prosa abituale, con il suo cognome da nubile.

Indice

TUTTO BDSM
TRILOGIA CHEF SOTTOMESSA
ERIKA SANDERS

CHEF SOTTOMESSA 1

PRIMEIRA PARTE
MUTUO CONSENSO

15

CAPITOLO 1

La lettera è stata una benedizione.

Riuscivo a malapena a trattenere le lacrime.

Cristina aveva appena terminato gli studi culinari e la sua nuova attività di ristorazione era iniziata in modo difficile.

Si fermò nel suo piccolo appartamento e controllò ogni parola della lettera scritta a mano.

Cara cristina,

Spero che questa lettera ti raggiunga. Perdonami, ma non uso la posta elettronica. E in genere non mi piacciono le telefonate. Sono fuori moda.

Sono una conoscenza di tua madre. Ci siamo incontrati brevemente a una festa di amici comuni diverse settimane fa. Tua madre ha citato casualmente la tua attività di ristorazione più volte. Ci ho pensato e sembra interessante. Non ho mai assunto un ristoratore prima d'ora.

Se sei interessato a un nuovo cliente, contattami e forse possiamo raggiungere un accordo. Sono una cuoca terribile. E ho sentito che sei molto bravo.

I miei migliori auguri e buona fortuna con la tua attività,
Paolo

Alla fine, pensò. La fortuna stava cominciando a farsi strada

CAPITOLO 2

Una settimana dopo.

Cristina stava guidando attraverso il ricco quartiere della sua vecchia macchina fatiscente.

Stava chiaramente colpendo, ma non gli importava.

Ero felice di essere in questo quartiere per un possibile lavoro potenziale.

Parcheggiò all'ingresso all'indirizzo che gli era stato dato.

Non avevo idea di come fosse Paul.

La loro unica vera interazione era una breve telefonata per organizzare l'incontro.

Cristina bussò alla porta.

Rispose una vecchia donna di colore.

La donna indossava un completo da cameriera.

La donna rimase stranamente silenziosa mentre si guardavano.

"Ciao," disse Cristina imbarazzata. "Sono qui per vedere Paul."

La vecchia donna di colore annuì.

"Vieni qui."

Cristina entrò e la cameriera chiuse la porta.

La cameriera la condusse su per le scale di una casa abbastanza grande.

Cristina si guardò intorno con gli occhi pieni di invidia.

Tutto era vecchio, buio e rustico.

C'erano oggetti d'antiquariato ovunque.

Alle pareti erano esposti dipinti classici.

Arrivarono in un corridoio e la cameriera aprì una porta dopo aver bussato per prima.

Cristina entrò, poi la cameriera se ne andò.

Era una stanza dell'ufficio.

Paul era seduto dietro la sua scrivania e lavorava.

Era un bell'uomo sulla quarantina.

Aveva un'espressione sul viso come una pietra che era impossibile da leggere.

La sua faccia era perfetta per il poker.

La sua faccia rimase inespressiva.

"Per favore, siediti," disse.

Cristina è stata intimidita dalla sua presenza e dalla sua mancanza di esperienza commerciale.

Non ho mai concluso un accordo prima.

Si sedette alla sua scrivania.

"Devi essere nuovo in questa linea di lavoro", ha detto.

"Perché dici questo?"

"Potrei sentire il tuo nervosismo quando entri. Dovresti provare a rilassarti. Facile, sono qui per aiutarti con tutto ciò di cui hai bisogno."

Lei fece un sorriso imbarazzato.

"Lo terrò a mente."

"Okay. Ora dimmi della tua attività di ristorazione."

"Beh, è ancora piuttosto nuovo", ha detto dopo un piccolo pensiero. "Posso preparare i pasti in base alle tue preferenze specifiche. Se hai bisogno di un catering per una festa, posso assumere altre persone. Ho molti amici della scuola di cucina."

"Non sarà necessario. Preferisco che lavori da solo. Ci sono meno problemi in questo modo."

Cristina annuì.

"Immagino che vivi da solo e vuoi che ti prepari i pasti."

"Molto astuto"

"Avevi in mente un accordo specifico?"

"Dipende" rispose Paul. "Sei occupato? Sei occupato?"

Lei gli fece un sorriso imbarazzato.

"Al contrario. Sei il mio primo vero cliente. Ho fatto piccole cose qua e là. Principalmente per gli amici di mia madre che mi stavano facendo un favore."

"Vuoi una consulenza aziendale gratuita? Non rivelare mai un punto debole. Non suona bene."

"Oh certo. Ricorderò."

"Per quanto riguarda un accordo", rispose Paul. "Potresti preparare i pasti per me? Pranzo e cena."

"Certo. Non sarà un problema."

"Eccellente. Vorrei che i pasti fossero consegnati a casa alle 11:30 in punto. Dal lunedì al venerdì."

"Certo" concordò.

"Questo accordo, almeno, durerà per i prossimi mesi. Ognuno di noi ha la possibilità di annullare l'affare in qualsiasi momento. Capito?"

"Si, capisco."

"Eccellente."

"Hai una preferenza per il cibo?" Chiese Cristina. "Le mie specialità includono francese, italiano e stili diversi dall'Asia ..."

Lui scosse la testa.

"Non importa. Portala in tempo."

"Va bene."

"Ora parliamo dei numeri. Come ti suonano $ 100 al giorno? È giusto?"

Gli occhi di Cristina si spalancarono.

Il lavoro e la quantità offerti erano molto più di quanto mi aspettassi.

Si rese conto che doveva sembrare una sciocca con un'espressione da cucciolo sul viso, quindi riprese la sua compostezza.

"Sembra ragionevole", rispose con calma. "Se va bene."

"Allora è deciso. Puoi iniziare domani?"

"Nessun problema. Ma sei sicuro di non voler provare prima la mia cucina?"

"Francamente, non mi interessa il gusto del cibo. Sei andato a scuola di cucina. È abbastanza buono per me. Non voglio preoccuparmi del cibo mentre lavoro."

Cristina annuì.

"Okay. Capisco. Posso chiederti cosa fai? La tua casa è bellissima. Adoro l'atmosfera rustica."

"Ho fatto diverse cose nella mia vita. Attualmente sono un commerciante d'arte. Mi occupo anche di oggetti d'antiquariato rari. Al momento, mi sto concentrando sulla mia scrittura."

"Cosa scrivi?" lei chiese.

"Alcuni ricordi. Non pretendo di essere qualcuno famoso o importante. Ma ho alcune storie da condividere. Sarebbe un peccato se nessuno le ascoltasse. Sto anche lavorando ad alcuni libri di narrativa."

"Oh, sembra interessante. Forse un giorno potrò leggerli. Adoro leggere biografie e memorie."

Paul sorrise leggermente.

"Non credo che tu sia interessato."

"Perchè no?"

"È un presupposto. Ma chi lo sa? A volte mi sbaglio su queste cose."

"Okay," annuì Cristina imbarazzata.

Paul si alzò e si diresse verso Cristina.

Anche lei capì e si alzò in piedi.

Paul era quasi un piede più alto di lei.

Il suo fisico era sul corpo snello e piccolo di Cristina.

Allungò una mano e si strinsero la mano.

"Abbiamo ufficialmente un accordo", ha detto. "Mi aspetto che la prima serie di pasti domani alle 11:30 del mattino. Non fare tardi. Non tollero la disobbedienza."

Deglutì a fatica.

"Si signore."

CAPITOLO 3

Cristina è rimasta ancora colpita dall'incontro con Paul.

Si sdraiò sul letto e guardò il soffitto.

L'offerta sembrava troppo bella per essere vera.

È stato quasi incredibile.

Ma aveva paura che fosse uno scherzo crudele, pensò.

Prese il telefono e chiamò sua madre.

Sua madre rispondeva sempre alle sue chiamate in pochi toni.

Quando ha risposto al telefono, Cristina non ha perso tempo e le ha spiegato tutto.

Nessun dettaglio è stato risparmiato.

Cristina ha raccontato a sua madre tutto sull'offerta e tutti i sentimenti che ha avuto quando ha incontrato Paul.

"È meraviglioso", rispose sua madre.

"Lo so. È un po 'folle, vero? Ma non ci credo fino a quando i tuoi soldi non saranno nella mia mano. Fino ad allora, immagino il peggio."

"Concentrati sui pensieri positivi, Cristina. Il tuo business sta finalmente decollando."

"Lo spero. Voglio dire, $ 100 al giorno per due pasti? Anche se dovessi dire addio la prossima settimana, sarò comunque contento di aver fatto così tanti soldi."

"Non me ne preoccuperei."

"Cosa intendi?" Chiese Cristina.

"Apparentemente Paul ha buone riserve finanziarie."

"Ho capito. La sua casa era come un museo."

"Eccoti. Non devi preoccuparti che le tue finanze si esauriscano. Tienilo felice con ottimo cibo, ottimo servizio e non fare tardi."

"Che cosa sai di quel ragazzo?" Chiese Cristina in tono più serio. "Sembra strano, vero?"

Sua madre ci pensò un momento.

"In qualche modo. L'ho incontrato solo una volta a una festa. È un ragazzo molto intelligente. Nessuna assurdità. Diretto."

"È sicuramente lui," scherzò Cristina.

"Non sottovalutarlo però. Apparentemente è un tesoro per le donne."

"Veramente?"

"È quello che ho sentito. Assicurati di stare lontano dal suo fascino irresistibile", ha scherzato.

"Molto divertente", rispose Cristina. "Comunque, sicuramente non è il mio tipo. Troppo vecchio. E troppo noioso."

"Sono contento che la tua attività sia iniziata alla grande."

"Vedremo."

"Concentrati sui pensieri positivi, Cristina."

CAPITOLO 4

Passarono le settimane.

Cristina aveva già preparato dozzine di pasti per Paul.

E aveva guadagnato migliaia di dollari in quel periodo.

La routine quotidiana era sempre la stessa.

Alzati la mattina presto.

Cucinare.

Posizionare con cura tutto nei contenitori.

Portalo a casa di Paul prima delle 11:30 del mattino.

Non essere mai in ritardo.

E mai disobbedire.

Un giorno a Cristina fu chiesto di preparare il pranzo, che aveva portato, su un piatto in cucina.

Poi l'ha fatto.

Era la prima volta che faceva le faccende domestiche nella cucina di Paul.

Era orgogliosa del suo cibo.

Sapeva che aveva un buon sapore, anche se Paul non si era mai congratulato con lei.

Scese di sotto in abiti casual.

Come sempre, il suo viso era quasi inespressivo.

Guardò il cibo presentato al tavolo della sala da pranzo e non si prese la briga di commentarlo.

"Dovrei andare adesso?" Chiese Cristina goffamente.

"Resta un momento. C'è qualcosa che voglio chiederti."

"Va bene."

Paul si sedette al tavolo della sala da pranzo mentre Cristina rimase in piedi.

"Quali altri servizi offri?" Chiedo. "Oltre alla cucina."

Cristina fu sorpresa e rimase ferma.

Si preparò per più insinuazioni.

Ero preparato per le molestie sessuali.

"Fornisco un servizio di catering onesto. Cucino piatti gourmet. Tutto qui. Se cerchi altri servizi, ti consiglio di cercare altrove."

"E perché?" chiese severamente.

"Onestamente, non sei il mio tipo."

"Non sei nemmeno il mio tipo."

Era ancora più offesa.

"Senti, penso che il nostro accordo stia funzionando bene. Continuiamo così. Qualsiasi altra cosa non funzionerà."

"Pensi che sto chiedendo favori sessuali?" Chiedo.

Cristina si bloccò.

"Non è così?"

"Non la penso così."

Il suo viso divenne rosso come barbabietole.

"Oh scusa signore."

"Dimenticalo", rispose. "Lo sto chiedendo perché la mia cameriera andrà in pensione presto. Se hai tempo in più, forse potresti aiutarmi con le mie attività di pulizia."

"Cosa dovrei fare?"

"Niente di difficile. Pulisci i piatti. Tieni tutto pulito.".

"Dovrò pensarci."

"Sarai ben ricompensato, ovviamente", rispose. "E non preoccuparti, non ti chiederò sesso. Non sei il mio tipo."

Lei arrossì di nuovo.

"Mi dispiace prima. Ma lo prenderò in considerazione. Perché no?"

"Prendi in considerazione l'offerta. Il mio lavoro procede senza intoppi e gradirei un aiuto per la manutenzione della casa."

"Non esci molto, vero?"

"Ho già girato il mondo e ho visto tutto", ha risposto. "In questa parte della mia vita mi concentro sulla mia scrittura. A volte esco.

Adoro ancora esercitarmi. Ma non voglio preoccuparmi della manutenzione della casa. Sembri una giovane donna capace, quindi ti offro lavoro extra."

Cristina annuì.

"È molto generoso da parte tua."

"Con i soldi extra, potresti comprarti un nuovo guardaroba e una nuova auto."

Era leggermente infastidita da quel commento.

"Ho capito. Ho bisogno di soldi. Non devi strofinarli."

"Non stavo cercando di farlo."

"Bene. Lo farò. Farò alcune faccende di pulizia aggiuntive per te."

"Eccellente", rispose con un sorriso raro. "Discuteremo il terreno più tardi."

Si avvicinò a Paul e allungò la mano per una stretta di mano.

Paul si alzò come un cavaliere e gli strinse la mano.

L'accordo è stato siglato.

SECONDA PARTE
LA PORTA CHIUSA

CAPITOLO 5

Cristina è riuscita a trovare altri clienti per alcuni piccoli lavori.

Ma la maggior parte del suo lavoro è stato fatto per Paul.

Ha preparato i suoi pasti ogni giorno della settimana.

Nel tempo, ha iniziato a fare più lavoro per lui.

Ha fatto piccoli lavori di pulizia per qualche soldo in più.

Cristina era sempre stata una persona disorganizzata per le faccende domestiche, il che rendeva ironico il fatto che stesse facendo le faccende domestiche per qualcun altro.

Ma i soldi erano buoni, quindi non gli importava.

I piatti dovevano essere puliti e sistemati in un certo modo.

Windows doveva essere immacolato.

I mobili dovevano essere privi di polvere.

Paul ha pulito i pavimenti lui stesso.

Paul era una persona molto particolare.

E quei tratti facevano impazzire Cristina qualche volta.

Ma i soldi erano buoni.

In un certo senso, Cristina era orgogliosa di aiutare Paul.

In qualche modo strano, sembrava che stesse aiutando Paul a raggiungere il suo obiettivo di poter scrivere i suoi libri.

Si preoccupava per lui come persona.

CAPITOLO 6

Il tavolo della sala da pranzo era ordinato.

Il pranzo è stato preparato.

Cristina guardò il piatto e ammirò il suo bellissimo lavoro.

La scuola di cucina era valsa la pena.

Non vedeva l'ora che Paul lo provasse, anche se Paul non si è mai complimentato.

Paul era insolitamente in ritardo per il pranzo.

Non era mai in ritardo.

La porta del piano superiore era leggermente aperta e Cristina ascoltava mentre la tastiera veniva usata furiosamente.

Sapeva che era ancora occupato.

Si avvicinò alle scale e pensò se avrebbe dovuto chiamarlo o meno.

Non voleva interrompere il suo lavoro.

Ma sapeva che Paul era un uomo che aveva bisogno di ordine.

Forse ha perso la cognizione del tempo?

Poi lo vide.

Vicino alla scala, la porta era aperta, leggermente aperta.

Era una stanza che Paul aveva detto era vietata.

Paul voleva che pulissi tutte le stanze tranne quella stanza.

La curiosità di Cristina ha raggiunto il picco.

Ho ancora sentito Paul scrivere di sopra.

Voleva dare un'occhiata alla stanza segreta.

Volevo conoscere i piccoli segreti di Paul, non importa quanto piccoli.

Era interessata a lui.

Era interessata all'uomo che aveva servito per settimane.

Fece alcuni passi silenziosi verso la porta.

Ha bloccato la testa dentro.

La stanza era buia.

Accese l'interruttore della luce e la stanza era illuminata.

Con sorpresa di Cristina, la stanza era il posto meno elegante della casa.

Ma sembravano tutti oggetti d'antiquariato.

Entrò e si guardò attorno.

C'erano una varietà di dispositivi in legno e metallo.

I disegni sembravano essere di epoca medievale.

Gli apparecchi sembravano abbastanza grandi da consentire a una persona di sedersi o sdraiarsi.

Diverse fruste e catene erano appese al muro.

C'erano molte corde su un tavolo vicino.

Cristina ha usato il dito per toccare un dispositivo di metallo.

Lei gli passò il dito e lo guardò.

La punta del dito era coperta da un sottile strato di polvere.

La stanza non era stata usata per molto tempo.

"Non dovresti essere qui" disse Paul da dietro.

Cristina fu sorpresa dal suono della sua voce e sussultò.

Si voltò e vide Paul in piedi vicino alla porta.

"Oh mi dispiace."

"Non ho detto che questa stanza è fuori dai tuoi compiti?" chiese, camminando casualmente dentro.

"Lo so. Ma era aperto ed ero curioso. Pensavo che forse volevi che lo pulissi."

"No. Avevo intenzione di pulirlo da solo."

Cristina deglutì a fatica.

"Il tuo cibo è pronto. Sta iniziando a fare freddo."

"Può aspettare", rispose, entrando nella stanza per guardare i dispositivi. "Devi chiederti di cosa si tratta."

"Sembra una camera di tortura medievale."

"Hai quasi ragione. Alcune di queste cose sono state costruite secoli fa durante il Medioevo. Ma non necessariamente per tortura."

"Allora per cosa?"

"Piacere. Piacere sessuale", rispose lei senza mezzi termini.

Cristina è stata sorpresa.

"Non riesco a immaginare come. Queste cose sembrano così dolorose."

"Questo è il punto."

"Quindi sono dispositivi bondage, in sostanza?"

Lui annuì.

"Questi feticci esistono da secoli. Riesci a credere che questi dispositivi siano stati costruiti per le famiglie reali e la nobiltà?"

"Non mi sorprenderebbe. La maggior parte dei ricchi è un po 'depravata."

Lui sollevò un sopracciglio.

"Mi include?"

"Oh no, non intendevo te," indietreggiò rapidamente.

"Stavo solo scherzando."

Cristina si rilassò.

"Certo. Allora perché tutte queste cose sono rinchiuse in questa stanza? Perché non le vendi a un museo o qualcosa del genere?"

"Forse un giorno. Ma per ora, sto scrivendo su di loro nel mio libro. Avevo anche intenzione di fotografarli. Ecco perché la stanza era aperta."

"Il tuo libro deve essere interessante."

"Lo spero", rispose. "Ho scritto sul sesso. Il tipo di dominio e schiavitù sessuale."

Cristina inarcò le sopracciglia.

"Davvero? Non sembri il tipo di uomo per quel genere di cose."

"Quindi che tipo di ragazzo assomiglio?"

"Non lo so. Squishy. Fragola. Senza offesa."

"Senza offesa", rispose. "Era una persona molto diversa anni fa. Non sono stato sempre così isolato."

"Che cosa è cambiato?"

Paul si strofinò le dita contro un dispositivo di metallo.

"È una lunga storia. Puoi leggere il mio libro quando ho finito di scriverlo."

"Be', non vedo l'ora. Sembra che tu abbia delle storie interessanti da raccontare."

"Sai cos'è un Maestro?" Chiedo.

"Solo le basi", scrollò le spalle. "Un ragazzo che comanda donne. Fruste. Catene. Sculacciate. Questo genere di cose, giusto?"

"Più o meno. Sono stato un Maestro per molte donne sottomesse. Belle donne con desideri oscuri."

"Li hai colpiti?" chiese incuriosita.

"Qualche volta."

"E questi dispositivi?" lei chiese. "Li hai mai usati sui tuoi schiavi?"

"Occasionalmente. Ma i metodi non sono importanti. Non si tratta delle sculacciate o dei dispositivi. Si tratta della resa. Mi danno i loro corpi. E faccio quello che voglio con loro. Alla fine, il piacere è reciproco."

Cristina rimase in silenzio per un momento.

Guardò Paul negli occhi e sapeva che ogni parola che stava dicendo era vera.

Sapeva che era qualcosa con cui Paul aveva esperienza.

Sapeva che era qualcosa che Paul desiderava fare di nuovo.

"Il tuo cibo si sta raffreddando", ha detto.

"È tutto ciò che ti interessa?"

Si bloccò per un momento.

"Bene, il catering è quello per cui mi hai assunto, vero?"

"Sei una ragazza intelligente", disse con un lieve sorriso. "Stai iniziando a piacerti."

Paul si avvicinò e diede a Cristina una pacca amichevole sulla spalla.

Poi si voltò e lasciò la stanza mentre Cristina era confusa dallo spiacevole incontro.

Lo seguì nella sala da pranzo e lo guardò mangiare.

CAPITOLO 7

Più tardi quella stessa notte.

Era la telefonata che Cristina aveva temuto sarebbe arrivata negli ultimi mesi.

"Come?!" Chiese Cristina.

"È finalmente arrivato il momento", rispose sua madre. "Tuo padre e io non ti sosterremo più finanziariamente. Riteniamo che tu sia abbastanza grande da badare a te stesso."

"Ti rendi conto che vivere in città è costoso, vero?"

"Tesoro, nessuno ti obbliga a vivere in città. Puoi sempre andare a casa e trovare qualcosa di più economico in cui vivere."

"No grazie" sospirò Cristina.

"Non so perché ti comporti così sorpreso. Ti ho messo in guardia negli ultimi mesi. Quando avevo la tua età, io ..."

"I tempi hanno cambiato la mamma. Hai visto la notizia? Questa situazione economica è difficile. Il costo della vita è pazzo"

"Ma i tuoi affari stanno decollando", rispose sua madre.

"Appena."

"Devi essere un po 'più esperto di affari se vuoi avere successo. Ci sono così tanti potenziali clienti in città. Tutto quello che devi fare è trovarli. Sei un'ottima cuoca e una brava persona. Ho fiducia in te, Cristina."

"Sì, hai ragione. Stavo pensando di contattare varie aziende per vedere se hanno bisogno di un catering per le feste."

"Questo è lo spirito imprenditoriale", rispose orgogliosa sua madre.

"Se la vita fosse così facile."

"Le cose buone arrivano quando sei persistente. A proposito, stai ancora lavorando con Paul? Come va?"

"Sta andando bene," disse vagamente Cristina.

"Bene? Tutto qui? Qualche dettaglio interessante?"

"Non proprio. Cucino per lui cinque giorni alla settimana. Mi paga un sacco di soldi per il servizio che offro. È un tipo strano."

"Guarda chi sta parlando," scherzò sua madre.

"Divertente."

"Sto solo scherzando. Hai ragione. Paul sembra un po 'in disparte. È un ragazzo intelligente, però."

"È sicuramente una persona interessante", ha risposto Cristina. "E mi tiene occupato. Quindi non posso lamentarmi."

"Neanche tu dovresti farlo. Se vuoi che la tua attività cresca, dovresti sempre soddisfare i tuoi clienti. Ha sempre funzionato per me."

Cristina si fermò per un momento.

"Sai, mi hai appena dato un'idea."

"Non sono sicuro che mi piace come suona".

"Grazie mamma. Sei la migliore."

"Beh, abbi cura di te, Cristina. Ti sostengo sempre. Ti amo."

"Ti amo anch'io mamma."

Al termine della chiamata, Cristina ha avuto un forte senso di risoluzione.

Era determinata a riuscire senza l'aiuto dei suoi genitori.

CAPITOLO 8

Il giorno successivo.

Cristina attese da vicino mentre Paul mangiava il suo pranzo.

Pulì la cucina e fece alcuni lavori domestici per lui.

Quando Paul finì di mangiare, tornò in sala da pranzo e gli tolse il piatto.

Prima che Paul avesse la possibilità di andarsene, si fermò di fronte al tavolo della sala da pranzo in una postura rispettosa.

"Ci ho pensato" disse Cristina a mani giunte. "Questo accordo ha davvero funzionato bene. Mi sono preso cura della maggior parte dei tuoi pasti e delle faccende domestiche, quindi puoi concentrarti sul tuo lavoro."

Paul si appoggiò allo schienale, sapendo che stava arrivando una proposta.

"Sono d'accordo. Sta funzionando bene. Meglio di quanto mi aspettassi."

"Quindi come ti sentiresti se volessi espandere i miei compiti qui? Per soldi extra, ovviamente."

"Stai già facendo più del necessario. E ti sto già pagando uno stipendio estremamente generoso."

"Lo apprezzo," disse educatamente Cristina. "Ma trarrai maggiori benefici se io facessi di più per te. Il tocco di una donna è sempre utile per un solo uomo."

Paul ci pensò per un momento.

"È un punto interessante. Continua."

"Sono sicuro che ci sono molte altre cose che potrei fare per te."

"Tipo cosa?"

Cristina fu pensierosa per un momento.

"Beh, dipende da te. Forse potrei pulire quei dispositivi nella stanza chiusa a chiave. Quella stanza era polverosa. Potrei fare un lavoro di pulizia extra. E forse potrei organizzare una festa per te."

"Perché sei improvvisamente così interessato a più soldi?" Chiese Paul.

"Penso che potresti trarre vantaggio dal tocco di una donna. Pensa a tutte le feste che potresti organizzare. La gente amerebbe il cibo. La tua vita sociale sarebbe fantastica."

"Dimmi la verità. Perché hai bisogno di soldi extra?"

Cristina fece una pausa per un secondo.

"I miei genitori non mi daranno più soldi. E l'affitto in questa città è schiacciante. Se c'è qualcos'altro che devi fare da queste parti, sarei felice di farlo."

Paul annuì comprensivo.

"Mi piaci come persona, Cristina. Lavori sodo e ti diverti a farlo. Ma non ti darò denaro gratis, specialmente quando ti sto già pagando profumatamente."

"Capisco," rispose Cristina, cercando di contenere la sua tristezza. "Grazie comunque per l'ascolto. Tornerò domani."

"Non ho ancora raggiunto il mio punto di arrivo", ha aggiunto. "Proverò a pensare a qualcosa. Qualcosa che si adatta alle tue capacità e ai tuoi attributi. Quando trovo qualcosa, ti farò sapere e sarai ricompensato per questo. Ti sembra giusto?"

Lei sorrise.

"Sembra fantastico".

CAPITOLO 9

I giorni passarono.

Paul non ha mai fatto un'offerta.

Cristina non gli ha mai chiesto perché non voleva essere una seccatura.

Preparò il pranzo di Paul come faceva normalmente.

Paul scese le scale fino alla sala da pranzo prima del solito.

Si sedette e attese che Cristina stesse ancora preparando tutto.

"Sembra buono", ha detto quando Cristina ha portato il piatto di cibo.

Sembrava davvero un momento strano per congratularsi con lei.

"Grazie. È un agnello arrosto con un contorno di verdure al forno."

Paul si sedette accanto a lui.

"Siediti. C'è qualcosa che voglio discutere con te."

Cristina si sedette e aspettò quello che aveva da dire.

"Ho pensato alla tua richiesta di ulteriore lavoro", ha detto. "Soprattutto sulla necessità di un tocco femminile da queste parti. Comunque, arriverò al punto, potrei usare un po 'della tua ispirazione per i miei scritti."

"Ispirazione? Com'è?"

"Forse potresti posare per me. Ho avuto difficoltà con il blocco dello scrittore ultimamente e mi potrebbe aiutare un po 'a guardare."

Cristina ha dato un'espressione apprensiva.

"Sei sicuro di non volere che organizzi una festa per te o qualcosa del genere? Probabilmente funzionerà meglio."

"Non mi interessa organizzare una festa", rispose, appoggiandosi allo schienale della sedia. "Mi dispiace, ho appena chiesto. Era inappropriato."

Ci pensò per un momento.

"Quanti soldi vorresti offrire?"

"Tutto dipende."

"Di?"

"Del lavoro che farai", ha detto. "Non ho mai assunto un modello prima. Ma so che sarebbe di aiuto con la mia scrittura."

"Oh bene, lo terrò a mente."

"Non farlo. È stato un errore chiedere. Se non ti dispiace, mi piacerebbe mangiare ora. Ho altre cose da fare in seguito."

"Io lo farò!" Scattò Cristina.

"Di?"

"Il lavoro di modella che mi hai offerto. Nessuno lo saprà, vero? Resta strettamente tra noi, giusto?"

"Esatto" concordò. "Non ce ne sarà traccia. Ho solo bisogno di ispirazione."

"Sono interessato."

Paul sospirò leggermente.

"Non credo che tu capisca. Mi sono precipitato nella mia offerta. Non credo che i miei gusti siano per te."

"Perchè no?"

"Perché eri molto a disagio nella stanza del dominio."

Cristina era un po 'perplessa.

All'improvviso si rese conto che Paul stava cercando l'ispirazione per le sue storie di dominazione.

Ma a prescindere da ciò, ha pensato ai soldi.

"Posso imparare a sentirmi a mio agio con quello", ha risposto. "Dammi solo tempo. Finché nessuno lo saprà, starò bene."

Paul gli lanciò un lungo sguardo scettico.

"Come desideri. Fai rapporto qui domani alle otto e mezza del mattino. Dopodiché scopriremo le cose."

"Grazie."

Cristina si alzò e allungò la mano per una stretta di mano.

Paul allungò la mano e scosse il suo.

CAPITOLO 10

Più tardi quella stessa notte.

Cristina era in cucina a preparare i pasti per il giorno successivo.

Sapeva che non avrebbe avuto il tempo di farlo il giorno successivo da quando Paul si aspettava che fosse lì alle otto e mezza del mattino.

Dopo che tutto fu pronto, Cristina si guardò allo specchio.

Si chiese se fosse abbastanza carina da modellare per Paul.

Si chiese quali fossero le sorprese nella stanza.

Che sarebbe dolce o no.

E si chiese quanti soldi stessimo parlando.

Paul era sempre stato generoso con i pagamenti finanziari.

Soprattutto, si chiedeva quanta dominazione Paul voleva vedere.

La parte razionale di Cristina controllava la situazione: il denaro è buono.

E nessuno lo saprà mai.

Il mio piccolo segreto con Paul.

Si spogliò e provò alcuni graziosi abiti davanti allo specchio della camera da letto.

Alla fine decise di indossare un semplice vestito giallo.

Non è stato troppo rivelatore.

E non era neanche troppo prudente.

Era il mezzo giusto.

Si spazzolò i capelli e pensò a quanto trucco usare.

Quindi ha deciso di non farlo.

Renderebbe la situazione troppo scomoda.

Tutto è stato organizzato.

Era pronta per il lavoro.

CAPITOLO 11

La mattina del giorno successivo.

Cristina apparve a casa di Paul alle otto e un quarto.

Voleva assicurarsi di essere preparata in anticipo.

Indossava il suo vestito giallo.

I suoi capelli erano ben curati e il viso era pulito dal trucco.

Era naturalmente già carina.

Dopo che Cristina sistemò i contenitori per alimenti all'interno del frigorifero in cucina, si sedettero insieme nella stanza privata, sugli elettrodomestici di legno.

"Cos'hai in mente?" Chiese Cristina.

"Dipende. Quali sono i tuoi limiti?"

Cristina si strinse nelle spalle.

"Non lo so. Non ho mai fatto questo genere di cose prima."

"Quindi immagino che dovremmo scoprirlo."

Gli occhi di Cristina scrutarono brevemente di nuovo la stanza.

Era la stanza più insipida della casa.

Le pareti erano lisce.

Ma c'erano vecchi dispositivi di varie dimensioni e forme.

Sembravano tutti così intimidatori.

"Terrò una mente aperta", ha detto. "Ma non mi piace il dolore. E non voglio che tu mi spinga troppo in fretta. Non c'è bisogno di affrettarsi. Okay?"

Lui annuì.

"Grazie per essere stato chiaro. Dovresti sapere che sono un uomo molto paziente. L'ho fatto per molti anni con innumerevoli donne sottomesse. Non spingo mai più se non è pronta."

Quelle parole mandarono uno strano sentimento nella colonna di Cristina.

Non riuscivo a smettere di pensare alla frase "donne sottomesse".

In un attimo, si rese conto che poteva benissimo trovarsi nella stessa posizione di quelle "donne sottomesse".

"Okay" concordò. "Grazie. Quindi, come dovremmo iniziare?"

Paul si alzò e camminò lentamente per la stanza, osservando ciascuno dei dispositivi mentre Cristina sedeva in una posizione modesta.

Stava guardando ogni dispositivo in modo tale da rendere nervosa Cristina.

"Sei mai stato legato prima?" Chiese Paul.

Cristina scosse la testa.

"Ovviamente no."

"Vorresti essere?"

"Non lo so."

Indicò il tavolo di legno.

"Perché non provarci?"

"Non lo so", scrollò le spalle nervosamente.

"È troppo per te? Devo vedere qualcosa che mi ispiri. Guardarti seduto lì non mi aiuterà molto."

Cristina si alzò lentamente e fece un respiro profondo.

"Farò quello che vuoi."

"Sei sicuro? Cristina, non voglio che tu faccia qualcosa con cui non ti senti a tuo agio. Posso trovare altri modi per pagarti."

Prese un altro respiro profondo.

"No, ne sono sicuro. Abbiamo raggiunto un accordo sul modello e intendo andare avanti."

"Sei sicuro?"

"Sì, assolutamente."

"Quindi sdraiati," disse Paul, indicando il tavolo di legno.

Il tavolo sembrava dolorosamente scomodo.

Sembrava vecchio e rustico.

Ma era abbastanza basso che una persona potesse facilmente mentirci.

C'erano vecchie barre di metallo su ciascun lato del tavolo, che davano a Cristina una sensazione spiacevole.

Mettendo da parte i suoi sentimenti, si appoggiò allo schienale del tavolo.

Era doloroso e scomodo come si aspettava.

Ero convinto che il tavolo fosse progettato per la tortura, non per il piacere.

Si chiese come si potesse provare piacere in una cosa del genere.

Si sdraiò al centro del tavolo e guardò direttamente il soffitto.

"Ho intenzione di legarti i polsi", disse, in piedi sulla sua testa.

Rimase in silenzio per un momento mentre guardava la figura di Paul in piedi sopra di lei.

"Va bene", rispose lei sollevando i polsi. "Avanti."

Paul le prese delicatamente i polsi e li portò alla barra di metallo sul tavolo.

Il bar era freddo come si aspettava.

La trama contro la sua pelle non era molto liscia, il che era un segno che il bar era stato realizzato molto tempo fa, prima dei macchinari moderni.

Lo sentì legare i polsi al bar con una spessa corda.

Cristina non si è preoccupata di guardare.

Teneva gli occhi sul soffitto.

"Ti ha fatto male?" Chiedo.

"Non sto bene."

I suoi passi furono uditi attraverso la stanza.

Cristina non si prese la briga di guardare Paul.

Ma si chiese cosa stesse pensando Paul.

Vederla in un bel vestito, con i polsi legati, deve essere eccitante per Paul, pensò.

"Dimmelo di nuovo" disse. "Qual è il tuo limite?"

Deglutì a fatica.

"Solo non farmi del male."

"Posso aprire il tuo vestito?" chiese lei con voce sommessa.

"No, non quello."

"Allora suppongo che tu abbia altri limiti", rispose con un leggero senso di divertimento.

"Credo."

"Posso toccarti?" Chiedo. "Va benissimo se rifiuti. Ma dato che siamo arrivati così lontano, sembri sicuramente attraente."

"Se vuoi", rispose timidamente.

"Non riguarda ciò che voglio. Riguarda ciò con cui ti senti a tuo agio."

Ha lottato con i suoi pensieri per un momento.

"Sono a mio agio con quello. Okay. Vai avanti se vuoi. Voglio dire, lo sono con me."

"Sei sicura, Cristina? Non voglio farti pressione se non ti senti a tuo agio."

"Finché tu sai ..."

"Finché ti compensa finanziariamente?" chiese mezzo divertito.

Il suo tono e il suo modo di dire hanno fatto sentire Cristina ancora più a disagio.

"Sì", rispose lei.

"Non devi preoccuparti di questo".

Cristina si aspettava altre battute sarcastiche in risposta, ma Paul aveva finito di parlare.

Le si avvicinò mentre continuava a sdraiarsi sul tavolo.

Cristina lo vide guardare il suo corpo.

Ero chiaramente nervoso.

Non sapeva che cosa stesse pianificando.

I suoi occhi incantarono e vagarono nel suo corpo.

Alla fine ha deciso.

E ha fatto la sua mossa.

Paul allungò la mano e toccò il ginocchio di Cristina.

Fu un tocco improvviso che la colse di sorpresa.

Rabbrividì.

"Stai bene, Cristina?"

"Sto bene. Non me l'aspettavo."

Le fece scivolare la mano lungo la coscia.

La sua mano scivolò più in profondità fino a quando non fu sotto la gonna gialla.

Cristina era a disagio, ma le faceva anche formicolare tra le gambe.

I suoi occhi rimasero concentrati sul soffitto.

"Ti dispiace se continuiamo di più?" Chiedo. "Siamo già arrivati così lontano."

"Vai avanti. Non mi interessa."

"Sei sicuro?"

"Sono sicuro."

Paul sollevò la gonna di Cristina e la sollevò.

Le sue mutandine erano esposte.

Paul fece scivolare la mano sotto le mutandine di Cristina.

Naturalmente sussultò di nuovo, ma si catturò.

La mano di Paul si strofinò il cavallo.

Il corpo e i piedi di Cristina si irrigidirono.

"Devi rilassarti" disse Paul. "Altrimenti questo non farà molto bene."

"Va bene."

Cristina ha fatto del suo meglio per rilassare il suo corpo.

I suoi occhi rimasero sul soffitto.

Era troppo imbarazzata per guardare Paul.

Lei gli ha semplicemente permesso di accarezzare il suo cavallo.

Ansimò quando Paul giocò con il suo clitoride.

È stata una mossa che non mi aspettavo.

Il suo istinto naturale era quello di raggiungere e tirare via la mano di Paul, poi coprirsi, e poi schiaffeggiare Paul in faccia, ma le corde attorno ai suoi polsi erano strette.

Diede un leggero strattone, ma inutilmente.

"Stai cercando di uscire?" Chiese Paul. "Se vuoi uscire, dimmelo e ti slego subito."

"Scusa. È stata una reazione istintiva."

"Beh, non reagire in quel modo. Non è la reazione che voglio."

"Va bene, mi dispiace."

Le dita di Paul si mossero in un furioso movimento circolare sul clitoride gonfio.

Cristina non ebbe altra scelta che restare senza fiato.

Era troppo sorpresa per contenere i suoi sentimenti.

Le dita non si fermarono.

È stato un piacere

Chiuse gli occhi e godette il piacere di Paul.

Fu una sensazione di formicolio che fluì attraverso il suo corpo.

"Posso dire che sei vicino", ha detto. "Rilassati. È quasi finita."

Con gli occhi ancora chiusi, Cristina si concesse di godersi le dita di Paul mentre si dilettavano del suo delicato e piccolo clitoride.

I momenti passarono prima che le dita di Cristina si irrigidissero.

Brevi rumori ansimanti le sfuggirono dalle labbra.

Strinse forte gli occhi.

I suoi muscoli si contrarono.

È stato un orgasmo meritato per tutti gli stress della sua vita.

Alla fine, il suo corpo si rilassò e Paul ritirò la mano dalle sue mutandine.

Le riportò il vestito nella posizione corretta.

Accarezzò Cristina sulla coscia, come se avesse fatto qualcosa di giusto.

"Ti è sicuramente piaciuto," disse Paul mentre iniziava a scioglierle i polsi.

Cristina si sentì liberata.

Si alzò dritta e si strofinò i polsi, leggermente arrossati e doloranti per la corda.

La sensazione orgasmica ha contribuito a contrastare il dolore.

"Mi è piaciuto", ha risposto. "È stato bello. Davvero bello. Dio, non mi sento così da molto tempo. Voglio dire, non buono come te."

"Sono contento che ti sia piaciuto. Ha riportato così tanti ricordi, che mi aiuteranno con la mia scrittura. Sei stata una meravigliosa piccola ispirazione per me."

"Sono sempre felice di essere al tuo servizio."

"Eccellente" concordò. "Sarò sicuro di aggiungere un bonus al tuo assegno alla fine del mese. Penso che tu abbia guadagnato altri $ 5.000 per questo."

Sorprendentemente, Cristina provò un senso di vergogna.

Sapeva che Paul aveva buone intenzioni.

Ha apprezzato i cinquemila aggiuntivi, che erano molto più di quanto si aspettasse.

Ma un senso di colpa la travolse, come se avesse appena venduto il suo corpo e la sua sessualità per soldi facili.

Ciò la faceva sentire impura e sporca.

"Non sono una puttana" sbottò, e poi se ne pentì immediatamente.

"Non ho mai detto che lo fossi."

"Scusa," rispose lei. "Apprezzo davvero tutto. Ma non ho mai usato il mio corpo in quel modo, sai, per fare soldi."

Paul scosse la testa, deluso da se stesso.

"Non essere dispiaciuto. Questa è colpa mia. Mi sono precipitato con te. Non avrei dovuto chiederti di fare la modella per me."

Cristina si alzò e si aggiustò il vestito.

"Mi è piaciuto", ha detto. "L'ho fatto davvero. Ma è stato un po 'strano per me. Forse potremo farlo un'altra volta la prossima volta? Solo un po' più lentamente."

"Non credo. Questo chiaramente non fa per te."

Cristina lanciò uno sguardo timido mentre la sensazione di orgasmo fluiva ancora attraverso il suo corpo.

"Adesso preparerò il tuo pranzo", disse.

"Posso farcela da solo. Puoi andare."

Lei annuì obbediente.

"Sono contento di averlo fatto."

"Anch'io", rispose. "Ma non dovremmo mai più farlo. Ci vediamo lunedì."

Cristina annuì, sapendo che Paul aveva già preso una decisione ferma.

Ora c'era un leggero disagio tra loro.

Dopo aver scambiato qualche altra parola, se ne andò chiedendosi cosa Paul stesse pensando a lei.

TERZA PARTE
IL NUOVO LAVORO

53

CAPITOLO 12

Più tardi quella stessa notte.

Cristina si sedette al suo computer e cercò il modo di richiedere nuovi clienti.

Ha inviato almeno una dozzina di e-mail a diverse aziende per promuovere la sua attività di ristorazione.

Non mi aspettavo molto da una risposta, ma valeva la pena provare e non avevo nulla da perdere.

Il telefono squillò.

Fu sua madre a chiamare di nuovo per controllare.

Facevano le solite chiacchiere e non c'era molto da dire.

"Gestire i miei affari è difficile", ha lamentato Cristina.

"Ti aspettavi che fosse facile?"

"Non so cosa mi aspettassi. Non mi dispiace lavorare sodo. Adoro cucinare per gli altri. Ma, Dio, ho bisogno di più clienti."

"Nella mia esperienza, gli affari sono chi conosci", rispose sua madre. "Molte aziende provengono da connessioni personali. Quindi esci e cerca di incontrare nuove persone invece di cercare online."

"Ha senso, immagino."

"Suppongo? Quando sbaglio?"

"Non lo so."

"Non sembrare così depressa, Cristina" disse sua madre. "Molte persone lottano con una nuova attività. Continua a provare."

"Grazie mamma."

"Come vanno le cose con Paul? Ti paga ancora profumatamente?"

"È complicato" sospirò Cristina. "Ma sì, paga ancora bene."

"Sembra un ragazzo complicato."

"Non ne conosci nemmeno la metà."

C'è stata una pausa al telefono.

"Ha provato qualcosa con te?" chiese sua madre con cautela.

Cristina si affrettò a mentire.

"Assolutamente no. Certo che no."

"Puoi dirmi la verità. Sono qui per te."

"Mamma, non è il mio tipo. Se mai avessi fatto una mossa, lo avrei colpito alla testa con qualunque cosa avesse cucinato quel giorno."

"Sembra lo spirito della Cristina che conosco" ridacchiò sua madre.

"Ipoteticamente parlando, e se lo facessi? Voglio dire, come ti sentiresti?"

"Se Paul facesse una mossa?"

"Sì", rispose Cristina. "Come vorresti sentirti?"

Ci fu un'altra pausa sulla linea.

"Immagino che dipenda da te. Se ti ha invitato fuori, questa è la tua decisione."

"Veramente?"

"È una tua decisione, Cristina. Ma se provasse a toccarti il sedere in cucina, ti suggerirei di versarti un po 'della tua famosa salsa piccante sulla testa."

"Certo che lo so", rispose Cristina con voce sarcastica.

"Sembra che tu abbia qualcosa in mente."

"Non più. Grazie mamma, sei la migliore. Devo lasciarti."

"Addio ti amo."

"Ti amo anch'io mamma."

La chiamata terminò e Cristina si appoggiò allo schienale della sedia.

Pensò a Paul e all'orgasmo che ricevette quel giorno.

Ricordava ancora i sentimenti vividamente.

Ogni tocco, ogni emozione.

La sensazione del legno duro contro il tuo corpo.

La sensazione della mano di Paul contro la sua figa.

E soprattutto l'orgasmo.

Il dominio non è mai stato suo, ma è stato bello.

Ha cercato online e cercato termini diversi.

La faceva sentire di nuovo una studentessa universitaria mentre faceva ricerche.

Ha fatto diverse ricerche sulla schiavitù e sui suoi piaceri.

Guardò diverse immagini.

Questo la eccitò di nuovo e si fece scivolare una mano sulle mutandine.

CAPITOLO 13

Lunedì mattina

Cristina fece uno sforzo per apparire bene quando andò a casa di Paul.

Indossava un vestito blu e aveva i capelli ben curati.

Paul non prestò molta attenzione al suo aspetto quando aprì la porta per farla entrare.

"Possiamo parlare?" Chiese Cristina. "Per affari intendo."

"Ovviamente."

"Fantastico. Aspetta."

Cristina mise il cibo in cucina e andò nell'ampio soggiorno dove si era seduto Paul.

Si sedette di fronte a lui.

"Ho pensato molto durante il fine settimana", ha detto. "Sulla nostra relazione".

"Anch'io", disse, non lasciandole finire i suoi pensieri. "Penso che dovremmo porre fine a questo. Mi è chiaro che il nostro rapporto commerciale è stato compromesso. Ho già iniziato a cercare un sostituto per le mie esigenze domestiche."

Cristina si bloccò per un momento mentre la notizia le affondava lentamente.

"Cosa? No. Non è quello che volevo."

"Penso che sia per il meglio", ha risposto. "Sei una giovane donna brillante. Troverai il tuo posto in questo mondo."

Lo sguardo sbalordito rimase sul suo viso. "

Non è quello che mi aspettavo di sentire. Pensavo che la nostra conversazione sarebbe stata molto diversa ".

"Cosa ti aspettavi?"

"Sono venuto qui per dirti che ero interessato a continuare, sai, quello che abbiamo fatto venerdì scorso."

Alzò un sopracciglio.

"Davvero? E perché lo vuoi?"

"Devo davvero dirlo?"

"Sì."

Fece un respiro profondo.

"Ovviamente mi piace lavorare qui. Mi piacciono i benefici. Penso che tu sia un grande capo, il massimo che potrei avere. E quello che abbiamo fatto la scorsa settimana, nella stanza, mi è davvero piaciuto. Penso che all'inizio ero spaventato, ma ho pensato molto e non mi dispiacerebbe se continuiamo ".

"Interessante."

"Quindi pensi?" lei chiese.

"Non sei timido come pensavo. Non mi sarei mai aspettato che venissi a dirmi queste cose direttamente. Sono impressionato."

Lei sorrise, "grazie".

"Cosa dovrebbe succedere dopo?"

"Non lo so", scrollò le spalle goffamente. "Dipende da te. Ma vorrei che i nostri rapporti commerciali continuassero."

"Sii coraggioso, Cristina. Dimmi cosa succede dopo. In questo preciso istante. Voglio sapere cosa hai in mente. Sorprendimi."

Ha raccolto il suo coraggio e ha dato a Paul uno sguardo deciso.

Le sue labbra si serrarono e il naso si restrinse leggermente.

I suoi occhi erano fissi su Paul, che era stoico, in attesa che lei facesse qualcosa di audace.

Cristina si alzò e si passò il vestito con le mani.

Le sue dita si strinsero attorno alle spalline del vestito.

Allontanò le spalline e spostò il corpo, lasciando cadere il vestito sul pavimento.

Era in piedi davanti a Paul con reggiseno e mutandine bianchi, con il suo bellissimo vestito attorno alle caviglie.

"Cosa stai facendo?" chiese senza emozione.

"Sto dimostrando la mia dedizione per il lavoro."

"Forse mi hai frainteso. Non credo che questa sia la strada giusta per te."

"Non mi stai dicendo di smettere", rispose lei. "E non ti sento neanche lamentarti."

Gli occhi di Paul vagarono sul suo corpo scarsamente vestito.

Aveva una corporatura media, un po 'magra.

Seni piccoli e fianchi stretti.

Era chiaro che si esercitava raramente poiché il suo tono muscolare era debole.

"Sei piuttosto attraente", ha osservato.

Si tolse il vestito e fece diversi passi in avanti fino a quando non si fermò di fronte a Paul.

"Ecco il patto", disse coraggiosamente. "Il nuovo accordo. Sarò il tuo fornitore esclusivo. Sarò anche il tuo modello quando pensi che sia necessario. Puoi farmi venire, se vuoi. Se mi sento davvero bene, restituirò il favore gratuitamente."

Lui sollevò un sopracciglio.

"Restituirai il favore?"

"Ti farò venire. Gratis. Non sono una prostituta. Pensala come una gratificazione da parte di un destinatario riconoscente."

"Sembra una relazione d'affari insolita."

"Comunque abbiamo già superato il limite", ha detto.

"Dovrò considerarlo."

Cristina allungò la mano e afferrò il polso di Paul, cercando le sue mutandine.

Toccò l'esterno delle sue mutandine e si strofinò tra le sue gambe.

"Pensa in fretta", ha detto. "In caso contrario, ritirerò l'offerta."

Fece un mezzo sorriso.

"La nuova audace Cristina. Mi piace."

"Anch'io."

Paul premette più forte le dita contro le mutandine di Cristina.

Gemette al tocco caldo.

Gemette ancora di più quando Paul fece scivolare una mano dentro le sue mutandine, toccando la sua figa nuda.

Era eccitata e non c'era dubbio.

"Sei bagnata", osservò, guardandola.

"Lo so."

"Togliti il reggiseno. Lascia che ti veda."

Cristina allungò una mano per slacciarsi il reggiseno e lo gettò sul divano.

I suoi piccoli seni vivace sono stati rilasciati.

I suoi capezzoli erano rosa e piccoli.

Si indurirono rapidamente per l'aria fredda e l'ovvia eccitazione sessuale.

Resistette alla tentazione di coprirsi il seno con le mani perché si era sempre sentita insicura sul petto.

Ma ha cercato di essere coraggiosa e ha spinto il suo petto in avanti.

"Ti piacciono?" lei chiese.

"Adoro il seno di ogni donna. Ognuno è unico e speciale a modo suo. Il tuo non fa eccezione. Sono affascinanti."

"Grazie a mio Signore."

"Signore?" chiese retoricamente. "Penso che tu sappia cosa mi piace."

"E cosa ti piace?" chiese timidamente.

"Proprietà."

"Oh ..."

Paul usò entrambe le mani per tirare le mutandine di Cristina sul pavimento, lasciando la ragazza completamente nuda, dalla testa ai piedi.

Si alzò e prese Cristina per mano.

"Seguimi", disse. "C'è qualcosa che vorrei mostrarti."

Condusse Cristina in fondo al corridoio mentre le teneva la mano in modo romantico.

Cristina era nervosa, ma teneva il passo.

Sapeva che si stavano dirigendo verso la stanza della schiavitù.

L'idea la rendeva eccitata e nervosa.

La porta era socchiusa e Paul l'aprì.

Accese le luci ed entrarono.

L'aria era fredda, rendendo ancora più difficili i capezzoli di Cristina.

Il suo sguardo si spostò attorno a lui e si chiese cosa avesse pianificato Paul.

"Hai una nuova serie di responsabilità", ha detto Paul. "Mi aspetto una completa obbedienza. Ti aspetto nudo in ogni momento. Capito?"

"Si, capisco."

"Appoggiati al tavolo" disse. "Sul tuo stomaco. Ti legherò. Voglio che tu venga di nuovo."

"Si signore."

Cristina guardò il tavolo intimidendo.

Era una tabella diversa dalla precedente.

Ma sembrava ugualmente scomodo e doloroso.

Il legno sembrava vecchio e anche la struttura metallica.

Non c'era motivo di lamentarsi.

Fece come le era stato detto e posò il seno nudo e lo stomaco sul tavolo di legno.

È stato più scomodo di quanto mi aspettassi.

Il legno era freddo e pruriginoso sui capezzoli sensibili.

I suoi occhi guardarono il terreno.

Sentì Paul attraversare la stanza prima di avvicinarsi a lei.

"Ho intenzione di legarti", ha detto. "Rilassa braccia e gambe. Questo è un processo semplice se sei calmo."

"Va bene."

"Sei sicuro di volerlo?"

"Sì", rispose lei.

"Perché?"

"Perché voglio venire di nuovo."

Cristina non ha ricevuto risposta.

Invece, sentì Paul legare ciascuna delle sue caviglie alla fredda struttura di metallo del tavolo.

Era a disagio e un po 'spaventoso.

Ogni nodo era molto stretto.

La corda era spessa, che gli faceva male alla pelle.

Lo stesso processo è stato eseguito sui suoi polsi.

Ogni bambola era legata allo stesso telaio metallico.

Quando ebbe finito, le sue caviglie e i suoi polsi erano strettamente legati al tavolo.

Era a pancia in giù con lo stomaco nudo e il seno stretto contro la superficie di legno.

Era una sensazione abbastanza terrificante sapere che aveva dato a Paul un potere assoluto sul suo corpo.

Era chiaramente e completamente indifesa.

Qualcosa le ha colpito il fondo nudo.

Sembrava difficile, ma allo stesso tempo morbido.

Non ero sicuro di cosa fosse.

Poi sentì le dita di Paul sfiorarle il sedere.

"Ti dispiace se ti tocco così?" chiese, conoscendo la risposta.

"Non."

"Bene. Mi piace la tua pelle. Sei molto tenero ..."

La mano di Paul le vagò lungo il sedere, avvertendo ogni curva.

Ha massaggiato ciascuna delle natiche con le sue mani forti.

Poi sentì qualcosa di duro toccarle di nuovo il sedere.

Aveva una superficie curva liscia.

"Cos'è quello?" lei chiese.

"È un vibratore. Ne hai mai usato uno prima?"

"Non."

"Ti piacerebbe sentirlo?"

"Sono aperto a questo."

"Brava ragazza."

Un ronzio improvvisamente risuonò nella stanza e fece rabbrividire la schiena di Cristina.

I suoi occhi rimasero fissi sul terreno mentre ascoltava il ronzio.

Il suo corpo sussultò violentemente nel momento in cui il ronzio toccò la punta del clitoride.

È stato doloroso, in modo negativo e in senso positivo.

Cercò di combatterla, combattendo le corde, il che era inutile.

Il ronzio cessò.

"Finiamo questo?" Chiedo.

"No. Per favore, no. Smetterò di muovermi."

Controllati Cristina.

Il ronzio è tornato quando il vibratore è stato nuovamente attivato.

Toccò il clitoride e Cristina fece del suo meglio per rimanere ferma.

Combatté l'impulso di combattere mentre accettava la sensazione di vibrazione contro la sua area più sensibile.

Si fece arricciare le dita violentemente.

Strinse i denti mentre chiudeva la mascella.

I suoi pugni si strinsero forte.

Far torturare il clitoride con un vibratore era l'ultima cosa che si aspettava.

Ronzava e ronzava.

La punta del vibratore si tenne contro il clitoride finché non pensò che sarebbe esplosa.

Poco prima che stesse per urlare in agonia, Paul mosse il vibratore e lo spinse nella sua figa.

È stata una sensazione surreale.

Era passato molto tempo da quando era stata penetrata con più delle sue dita.

La vibrazione nella sua figa era un misto di dolore e piacere.

Paul abilmente spinse e tirò il giocattolo del sesso.

Cristina ha fatto del suo meglio per non urlare.

"Ti stai divertendo con questo?" chiese scherzosamente.

Cristina rimase a bocca aperta.

"Io ... io ... uh ..."

"Si o no?"

"Sì! Dio, sì."

Paul spinse ulteriormente il dispositivo nella figa di Cristina, facendola sussultare di più.

Era quasi senza fiato quando è entrato completamente nel suo corpo.

Le sue braccia e gambe tirarono le corde, ma invano.

Era intrappolata con il potente vibratore nella sua vagina bagnata.

"Sei vicino?" Chiedo.

Ha lottato per le parole.

"Sì quasi..."

"Vieni per me, piccola."

Il vibratore fu spinto e tirato senza pietà nella figa di Cristina.

Ha cercato di rilassare il suo corpo, il che ha sempre facilitato il suo orgasmo.

Ha fatto del suo meglio per rilassare i muscoli vaginali dall'allungamento, permettendo a Paul di cavarsela.

Il suo orgasmo era imminente a causa del vibratore.

Ed è stato un orgasmo diverso da qualsiasi altro che avessi mai provato prima.

Essere legato e frustato mentre un oggetto vibrante si infilava nella sua figa era una potente combinazione.

Le dita dei piedi di Cristina si inarcarono di più e i pugni si strinsero più forte.

Ogni muscolo del suo corpo si contraeva.

I suoi sussulti e gemiti si fecero più forti.

"Oh mio Dio ... oh mio Dio ... oh mio Dio ..."

All'improvviso, il dispositivo è passato a una velocità più elevata e le vibrazioni sono diventate molto più forti.

Cristina urlò per la potente vibrazione mentre veniva spinta e tirata nella sua figa.

Lei pianse.

Poi singhiozzò in modo incontrollabile quando raggiunse l'apice.

Un'ondata di liquidi sgorgò dall'interno della sua figa, rovesciando il tavolo e lasciando una pozzanghera sul pavimento duro.

Altre spinte vennero dal vibratore di potenza fino all'arresto dei fluidi.

Paul rimosse il vibratore dalla figa di Cristina, che emise un forte ronzio.

Quindi lo spense.

Quando l'assalto vaginale alla fine terminò, la figa di Cristina era un casino gocciolante.

La sua umidità era come un piccolo fiume orgasmico.

La sua figa brillava con i suoi fluidi vaginali.

Il tavolo era bagnato.

E i liquidi caddero sul pavimento come un rubinetto gocciolante.

Cristina era a malapena consapevole mentre lentamente riacquistava la calma.

Era di gran lunga il miglior orgasmo che avesse mai vissuto.

Udì i passi di Paul avvicinarsi alla sua testa.

Paul si chinò e le baciò i capelli.

Si chiese perché Paul non l'avesse ancora sciolta.

"Siamo ... abbiamo ... finito ..." riuscì a parlare.

"Non ancora. Ricordi la tua promessa?"

"Quale di loro?" gemette lei.

"Hai detto che se ti avessi fatto venire, allora avresti restituito il favore. Allora, come si è sentito il tuo orgasmo?"

"Un ... cazzo ... incredibile," sbottò.

Paul gli sorrise.

"Brava ragazza. Ora, hai voglia di restituire il favore?"

"Sì, signore. Mi scioglierai?"

"Mi piaci in questa posizione."

Cristina sentì il suono dei pantaloni di Paul aprirsi.

Sapeva esattamente cosa voleva Paul.

Era ancora in piedi accanto al suo viso, il che significava che non era interessato a scoparla, almeno non in quel particolare giorno.

Alzò gli occhi quando Paul si avvicinò al suo viso.

Vide il suo cazzo duro puntare direttamente sulle sue labbra.

Era ovvio quello che voleva.

Con un cuore lussurioso, Cristina aprì la bocca mentre Paul fece un altro passo avanti, entrando tra le sue labbra.

Non c'è stato alcun processo di sentimento e non c'era tempo di adattarsi.

Paul semplicemente spinse in avanti i fianchi in modo che Cristina potesse succhiare come una brava sottomessa.

"Mio Dio. Hai le labbra come un angelo", disse, colpito da ciò che provava sul suo cazzo.

Il sesso orale non è mai stato una cosa di Cristina.

Non è mai stata molto brava in questo, e non è mai stata una sua preferenza farlo.

Ma con Paul, era desiderosa di compiacerlo.

Soprattutto con la potente sensazione orgasmica che scorreva ancora attraverso il suo corpo.

La sua mancanza di abilità non era un problema poiché il suo corpo era ancora legato al tavolo.

Paul ha fatto tutto il lavoro, spingendo delicatamente i fianchi da un lato all'altro.

Tutto ciò di cui aveva bisogno era una bocca calda da scopare.

Tutto quello che Cristina ha dovuto fare era tenere le labbra serrate attorno al membro duro di Paul e succhiare.

"Accidenti, sto per venire," ringhiò Paul. "E lo ingoierai."

Il suo senso del comando era eccitante per Cristina, per un motivo che non riusciva a capire.

Sentì le mani di Paul strofinarsi i capelli mentre succhiava.

Sentì il suo membro diventare ancora più rigido nella sua bocca.

Ha fatto del suo meglio per usare la lingua sul suo membro, che le aveva sempre detto che si sentiva bene.

Il cazzo le affondò in bocca, rendendola nauseata.

Il riflesso del vomito è stato terribile.

Ma Paul ha immaginato quanto Cristina fosse in grado di sopportare, quindi non ha mai spinto troppo.

Era il segnale di un professionista, pensò tra sé.

Guardò mentre Paul si accarezzava fino all'orgasmo, mentre la punta della sua erezione era ancora nella sua bocca.

Teneva le labbra ben chiuse intorno a lui.

Ringhiò Paul mentre la accarezzava furiosamente.

Pochi secondi dopo, la sua lingua era coperta dal seme di Paul.

Jet dopo jet.

Aveva un sapore diverso.

Deglutì a fatica per evitare che la bocca traboccasse.

Pochi secondi dopo, il flusso di sperma si fermò e Cristina deglutì tutto.

"OMG", disse Paul, estraendo il suo cazzo dalla bocca. "È stato meraviglioso. Dove hai imparato a succhiare così?"

Si chinò per un momento, prima di alzarsi per chiudere i pantaloni.

Quindi si chinò per sciogliere Cristina.

Quando fu rilasciata, si accarezzò i polsi e le caviglie, che avevano segni rosso scuro.

Si rese presto conto di essere ancora completamente nuda e che non le importava più.

Le piaceva essere nuda di fronte a Paul.

"Mi è davvero piaciuta l'intera esperienza", ha detto con sicurezza.

Paul le toccò il collo e la baciò sulla fronte, poi di più sulle guance.

Alla fine, ha piantato diversi baci sui suoi capelli.

"Anche io. La nostra associazione funzionerà molto bene. Pensa a tutte le possibilità che possiamo condividere insieme."

"Lo so."

"Sei come una farfalla, che cresce davanti ai miei occhi", ha detto.

"È tutta colpa tua" sorrise. "Ora, se mi scusi, ho fatto qualcosa di molto speciale per il pranzo. Lo adorerai. Sono sicuro che stuzzicherai il tuo appetito, quindi è meglio che lo prepari adesso."

Cristina si alzò e camminò nuda verso la porta.

C'era fiducia nella sua passeggiata.

Adorava essere nuda.

È stato divertente.

I liquidi le colarono lungo le gambe.

Il sapore del seme era ancora nella sua bocca.

Poi si fermò quando raggiunse la porta e si girò a guardare Paul, orgoglioso del suo corpo nudo.

Gli disse di non preoccuparsi del disordine nella stanza, che avrebbe ripulito più tardi.

Faceva parte dei suoi doveri appena scoperti.

CHEF SOTTOMESSA 2
IL MASTER CHEF

MICHAEL

CAPITOLO I

Fin da piccola sapeva che voleva fare la chef.

Ho lavorato così duramente per realizzare quel sogno e finalmente ho avuto tutto ciò che volevo quando mentre servivo i pasti per Paul, mi ha consigliato e ho ottenuto la posizione di capo chef in uno dei migliori ristoranti di New York.

Ma arrivare in cima ha avuto i suoi effetti collaterali sulla mia vita personale.

A 28 anni ho pochissimi amici e, anche se ho avuto pochi fidanzati, non avevo interessi amorosi seri con nessuno.

Ho incontrato Michael e suo fratello maggiore Tony in un mercato agricolo locale a cui vado spesso.

Sono comproprietari di un camion di cibo e frequentavano il mercato degli agricoltori ogni settimana.

Circa un anno dopo averli incontrati, a Tony è stato offerto un posto di capo chef in un ristorante locale e Michael non voleva tenere da solo il camioncino.

Uno chef del mio ristorante se n'è andato di recente dopo aver avuto un'altra possibilità.

Quindi ho assunto Michael per sostituirlo.

Abbiamo lavorato molto bene insieme sin dall'inizio.

Siamo riusciti a mantenere un rapporto di lavoro anche se ero molto attratto da lui.

La maggior parte delle persone direbbe che Michael sembrava normale.

Tuttavia, ho pensato che fosse bellissimo.

Michael è alto circa 1,80 e pesava forse 85 chili.

Ha i capelli neri corti e disordinati.

Porta sempre mezza barba e ha bellissimi occhi nocciola.

CAPITOLO II

Dopo che il ristorante chiudeva la sera, Michael, io e alcuni altri del ristorante uscivamo spesso, cenavamo e bevevamo vino per rilassarci dopo una lunga giornata di lavoro.

È davvero divertente.

Quindi spero di poterlo lasciare andare quando sarà il momento.

Michael ed io uscivamo di nascosto a correre ogni tanto, quando potevamo.

Amo correre con lui.

Spesso non indossa una maglietta e il suo sudore gli brilla sul corpo.

Penso che mi piacerebbe far scorrere la lingua sul suo corpo sudato.

Immagino loro due accaldati e sudati mentre scopiamo.

Ma ho dovuto scrollarmi di dosso quei pensieri e concentrarmi sulla corsa, non su di lui.

Non potevo intrattenermi in una relazione con qualcuno con cui lavoro e che è anche un mio dipendente.

Comunque, non so se ti piacerebbe.

Sono alto 1,65, peso circa 60 chili, ho i capelli mossi lunghi fino alle spalle, alcuni nei e ora indosso occhiali con montatura nera.

Non sono affatto troppo magro, potrei essere carino, ma non sono bello.

Non sono quello che chiameresti il sogno di ogni uomo, almeno è così che mi vedevo.

Un giorno ci stavamo preparando per la cena e Michael era troppo gentile con me.

Scherzavamo sempre e ci divertivamo al ristorante, ma stasera era diverso.

Per tutta la notte ha trovato motivi per toccarmi eccessivamente.

Se aveva bisogno di qualcosa che fosse accanto a me invece di camminare per prenderlo, veniva dietro di me e mi accarezzava il culo.

Una volta che stavo parlando con un altro chef che stava lavorando alla stazione di fronte al mio, è venuto dietro di me ed era così vicino che potevo sentire il calore del suo corpo.

Lo sentivo respirare profondamente mentre annusava i miei capelli.

Potevo sentire il suo respiro sul mio collo, che mi fece venire i brividi in tutto il corpo.

Un'altra volta stavo cercando qualcosa sugli scaffali alti, che è un problema comune per le ragazze basse come me, e mi è venuto dietro per aiutarmi e mi ha strofinato l'inguine contro il sedere.

A quel tempo non era sicura di cosa le fosse successo.

Ma mi stavo divertendo.

Immaginavo che mi avrebbe costretto, lì in cucina, e mi avrebbe scopato da dietro.

Solo pensare che mi ha fatto bagnare.

Ho cercato di non farle capire che lo stavo sentendo e pregavo che nessun altro se ne accorgesse.

Dovevo mantenere il controllo della cucina e più mi commuoveva, più diventava difficile concentrarsi sul portare questi piatti fuori all'ora di cena in modo tempestivo.

Sono riuscito a completare il servizio con tutto servito bene e in tempo.

CAPITOLO III

Stavamo chiudendo per la notte e Martin, un lavapiatti, è uscito lasciando Michael e me a finire le pulizie.

La mia testa stava vacillando dopo un servizio così impegnato e per finire, Michael mi ha tenuto addosso le mani e l'inguine tutta la notte.

Comunque, mi chiedevo di cosa si trattasse.

Non è mai stato così fisico con me prima.

Scherziamo e prendiamo in giro, ma mai niente di fisico.

Avevamo finito per la notte e stavamo andando a incontrare altri colleghi e chef nel nostro posto preferito per cenare e uscire dopo il lavoro.

Di solito ci andavamo solo a piedi dato che era a solo un paio di isolati di distanza.

Ho chiuso la porta e abbiamo iniziato a camminare lungo il vicolo e ho sentito Michael mettermi una mano sulla schiena mentre parlavamo.

Va bene, ho pensato, niente di dannoso qui.

Probabilmente sta solo cercando me.

Abbiamo continuato a camminare e la sua mano si è spostata più in basso sul mio sedere e ha stretto.

Mi voltai e gli gridai contro.

"Michael, cosa stai facendo? Mi hai messo le mani addosso tutta la notte! Ho cercato di ignorarlo pensando che ti saresti fermato o che forse non ti rendessi conto di quello che stavi facendo. Ma questo ... questo è già ovvio".

L'ho detto guardandolo con il mio sguardo migliore, ora devi rispondermi.

Michael si guardò intorno come se stesse cercando di trovare le parole per spiegare il suo comportamento.

Poi finalmente ha parlato.

"Cristina ... mi piaci da quando ci siamo conosciuti al mercato degli agricoltori. Ma non ho mai avuto il fegato di dirtelo. Non pensavo che avresti dato una possibilità a uno come me." Michael ha spiegato.

Interrompendolo, gli ho chiesto:

"Quindi pensavi di potermi dire che eri interessato a me stringendomi il culo?"

"Lo so, ma ho sentito che hai un lato sottomesso, Cristina, mi dispiace per quello che ti stavo accarezzando il sedere." Fece una pausa e poi continuò: "E questa mattina durante la nostra corsa, sembravi così eccitato che mi è costato tutto quello che non potevo portarti in un posto appartato nel parco e scoparti lì. Ti penso tutto il tempo." "

Sono rimasto sbalordito.

Michael pensa a me e fa sesso con me?

Hai notato che sono sottomesso e mi piace il dominio?

Come può essere?

Pensa che io sia sexy e vuole scoparmi?

E dopo tutto questo tempo me lo dici tu?

Gli ho nascosto gli stessi sentimenti, perché avevo paura del rifiuto e anche lui aveva paura di farlo.

Mi sentivo perso nella sua dichiarazione, ma mi sentivo anche liberato.

Possiamo farlo?

Michael poi mi ha tirato più vicino a lui e mi ha guardato negli occhi.

Era come se cercasse accettazione e approvazione.

La sua bocca sembrava così deliziosa, i suoi occhi ardevano profondamente nella mia anima.

Poi è successo.

CAPITOLO IV

Michael mi intrecciò la mano tra i capelli, mi tirò ancora più vicino e mi baciò.

È stato un lungo, duro, appassionato e molto caldo.

Mi allontanai e mi sentii svenire dall'eccitazione.

Potevo sentire il mio cuore battere forte.

"Michael, lo desideravo da così tanto tempo. Anche tu mi sei piaciuto dal momento in cui ci siamo incontrati e non pensavo che mi avresti dato una possibilità. Poi siamo diventati così buoni amici che non volevo rovinare tutto." Disse.

"Cristina, in questo periodo di lavoro insieme, ho visto come ti prendi in carico in cucina, chiedi rispetto e lo staff te lo dà perché te lo meriti. Tutti ti amano. Sei la regina della cucina. Sei una Domme perfetta. Sei adorabile! Adoro il modo in cui metti i capelli dietro le tue piccole orecchie carine. Adoro il modo in cui canti per te stesso e balli quando non pensi che qualcuno sia in giro o ti stia ascoltando. "

Lo supplicò Michael.

"Per favore, non pensare così poco a te stesso. Perché io non la penso così."

Poi, prima che sapessi cosa stava facendo, l'ho attirato a me e ci siamo baciati di nuovo.

Le nostre mani erano l'una sull'altra.

Non ce la facevo più.

L'ho amato.

mi serviva

ADESSO!!

Mentre ci baciavamo e ci toccavamo, Michael mi ha tirato contro il retro dell'edificio.

Si è tolto il cappotto da cuoco mentre mi baciava e mi ha leccato l'orecchio e poi il collo.

Le sue mani sono scese ai miei pantaloni, li ha aperti e li ha aperti lentamente.

Metto le mani sulle sue spalle per tenermi in equilibrio.

Si inginocchiò e mentre mi toglievo i pantaloni mi baciò la pancia, fino ai fianchi, poi l'interno delle cosce.

Alla fine mi tolse i pantaloni e li gettò insieme al mio cappotto.

La mia mente stava andando mille all'ora, il mio cuore batteva forte.

Non poteva credere che questo sarebbe finalmente accaduto.

E di tutti i posti che poteva essere, era dietro il ristorante e in un vicolo buio.

Ma non mi importava più.

Volevo così tanto avere Michael dentro di me.

La mia figa stava iniziando a pulsare e bagnarsi.

Michael poi mi ha guardato con occhi selvaggi e ha detto:

"Sei sicura di questa Cristina? Possiamo fermarci quando vuoi. Dimmelo, okay?"

Cercando di riprendere fiato, gli ho assicurato:

"Non sono mai stato così sicuro di niente in vita mia".

CAPITOLO V

Ha iniziato a baciarmi l'interno delle cosce.

Lasciando una scia di baci morbidi e teneri.

Quando è arrivato alla mia figa bagnata, ha preso un respiro profondo e l'ho visto sorridere.

Ha agganciato le dita sotto le mie mutandine rosse e le ha fatte scivolare giù per toglierle da quello che lo aspettava sotto.

Poi ha iniziato a baciarmi tutta la figa, ma non toccarla ancora.

Ho capito che si stava divertendo a prendermi in giro.

Alla fine, dopo pochi minuti, ha immerso la lingua tra le pieghe della mia figa bagnata e ha leccato i succhi che lo aspettavano.

Gli ho messo le mani nei capelli e lui ha sollevato la mia gamba sopra una delle sue spalle per un accesso più facile.

È stato così bello.

Stava divorando la mia figa.

Ha iniziato un ritmo in cui prima mi succhiava il clitoride, poi la sua lingua mi fotteva il buco anale, e poi leccava dal mio buco bagnato al mio clitoride e ricominciava.

Lo ha fatto ancora e ancora.

È stato così bello.

Volevo che mettesse la lingua e le dita nel mio ano.

Che mi ha messo contro il muro e mi ha costretto a mettere il suo cazzo da dietro.

Ma non sono mai stato mangiato così prima.

Michael è stato molto bravo e mi sono goduto ogni minuto.

Non sapevo quanto altro avrei potuto sopportare finché non fossi arrivato.

Poi mi ha infilato un dito dentro, facendolo scorrere dentro e fuori mentre succhiava il mio clitoride.

Ciò è continuato per un altro paio di minuti.

E non ce la facevo più.

"Michael, vengo se non ti fermi!"

Non si è fermato, è stato implacabile.

Ho capito che voleva che venissi.

Così finalmente mi lascio andare.

"Aaahhhh, fanculo Michael!" Gemetti, mentre le correvo sul viso.

Il mio corpo si agitò mentre ondate di piacere mi travolgevano.

Michael non ha sprecato una goccia dei miei succhi, mentre si è aggrappato a me.

Quando ha iniziato ad alzarsi per raggiungermi, ha iniziato a baciare tornando al mio ombelico, poi lentamente staccando la mia canotta nera.

Ho iniziato a innervosirmi che qualcuno ci ascoltasse.

Ho guardato in entrambe le direzioni, ma non ho visto nessuno.

Mi ero già tolto il reggiseno rosso.

I miei seni della coppa C si adattano perfettamente alle sue mani calde mentre le stringeva.

Ha iniziato a succhiare i miei capezzoli eretti.

Ogni tanto le mordeva leggermente, mandando un raggio di piacere alla mia figa.

Ha lavorato su entrambe le mie tette mentre gli artigliavo la schiena e il suo bel culo.

Non so perché abbiamo aspettato così tanto per dirci come ci sentivamo e ora siamo in un vicolo buio a prepararci a scopare!

Questo è diventato troppo per me, quindi l'ho tirato vicino e l'ho baciato.

Mi poteva assaggiare in bocca.

Era dolce e mi sembrava molto sporco ed eccitante godermi i miei succhi.

Ho cominciato a perdermi nell'abbraccio.

Ho sentito come le nostre anime fossero collegate in un modo che non avevo mai provato prima con nessuno.

Interrompendo i miei pensieri, improvvisamente mi voltò e mi mise davanti al muro di mattoni.

Ho spinto il mio sedere nel suo inguine, implorandolo di fare quello che voleva di più.

Mi ha allargato le gambe e si è sbottonato i pantaloni.

Potevo sentirlo strofinare il suo grosso cazzo pulsante su e giù per il mio culo e poi nella mia figa.

Fermandomi all'apertura del mio sesso.

"Michael, per favore prendimi da dietro adesso!" L'ho pregato.

"È questo quello che vuoi puttana? Cristina, dimmi, supplicami di fotterti nel culo"

Iniziò a immergere lentamente la punta del suo cazzo nel mio buco stretto e bagnò il suo dito con i miei succhi, poi uscì di nuovo.

Mi deride.

La sua mancanza di rispetto mi eccitava come mai prima d'ora.

"Sì, per favore signore. Fottimi. Fottimi forte. Molto forte." Dissi voltandomi un po 'e guardandolo.

I suoi occhi erano pieni di passione e lussuria, per me.

All'improvviso mi ha colpito subito.

Dandomi tutto quello che aveva, gli otto pollici dentro il mio culo! È stato così bello.

Non potevo credere quanto fosse grande e doloroso dentro di me.

Riempendomi completamente.

"Aaahhhh cazzo! Sì sì sì! Dammelo! Più forte! Scopami più forte! Sculacciami!"

Iniziò a schiaffeggiarmi sulle natiche mentre mi spingeva forte contro il muro.

Il suo cazzo è scivolato quasi completamente nel mio ano per la forte spinta che mi ha dato.

Poi ha iniziato a tirarlo fuori lasciando dentro solo la sua testa e si è schiantato di nuovo su di me.

Lo ha fatto più volte.

Faceva sempre meno male e il piacere era sempre più incredibile.

Ho appoggiato le braccia contro il muro in modo da poter continuare a tenerlo con questa forza.

Mentre mi teneva la vita con una mano e la spalla con l'altra, ha continuato a scoparmi forte.

Poi ha rallentato e abbiamo iniziato a battere.

Indietreggiai trovando ciascuna delle sue spinte.

È stato ipnotico ed è stato fantastico.

Poi ha tolto la mano dalla mia spalla, mi ha toccato il clitoride e ha iniziato a lavorarlo mentre continuava a scoparmi il culo.

Mi sentivo come se stessi per tornare di nuovo.

Ma deve aver sentito i miei muscoli tendersi e fermarsi.

"Non puoi ancora venire, puttana, questa volta voglio venire con te Cristina."

Michael mi sussurrò le parole oscene all'orecchio mentre tirava fuori il suo grosso cazzo dal mio ano dilatato.

Poi si è messo in ginocchio e ha iniziato a baciarmi il culo, cominciando dall'inizio del mio culo e finendo nel mio buco dilatato.

Questo mi ha colto di sorpresa.

Nessuno dei miei precedenti fidanzati o aziende, pochi com'erano, aveva mai provato a baciarmi il culo.

Ma mi ero sempre chiesto come sarebbe stato.

Adesso ho la mia possibilità.

Ha preso il controllo completo anche della mia figa e del mio sedere.

Lavorando l'ano con la lingua, poi infilando un dito, poi due.

Prendendole lentamente il tempo per prepararlo per lui.

Ha alzato la mano e ha iniziato a giocare con il mio clitoride.

Le mie ginocchia si stavano indebolendo.

Tutta questa stimolazione era fantastica, ma anche travolgente.

"Michael, per favore! Non potrò sopportare molto di più di questo. Dammi quello che hai e fammi venire!" Gli ho chiesto, ansimando di lussuria. "Ma fallo duro, voglio che tu mi domini. Fai quello che vuoi con me."

Michael mi guardò sbalordito e mi diede quello che volevo, quello che volevamo entrambi.

Per prima cosa ha messo il suo cazzo nella mia figa bagnata per lubrificarlo di nuovo.

E poi ho potuto sentirlo di nuovo nel mio buco. Ha spinto velocemente la testa e senza aspettare che fossi pronto ha introdotto il suo intero membro dentro di me. Faceva già molto male, ma dannazione era super bello.

Mi sentì irrigidirsi e iniziò rapidamente a dondolarsi avanti e indietro, dandomi sempre più profondità ogni volta.

Più forte, più selvaggio.

Faceva molto caldo.

Avevo voglia di sculacciarmi di nuovo, schiaffeggiarmi ogni volta che spingeva il suo grosso cazzo dentro di me.

Sembrava squisito!

Mi ha sentito irrigidirsi di più e ha cominciato a scoparmi ancora più forte.

Tenendomi la vita con entrambe le mani, è scivolato sempre più in profondità dentro di me fino a sentire le sue palle che sbattevano contro la mia figa bagnata.

È stato così bello.

Abbiamo aumentato la velocità e stava prendendo tutto.

Mi sono sentito così pieno.

Ha colpito il mio culo punito e arrossato più e più volte.

"Ooooohhhh ... Aaahhhh ... Fanculo Michael ... che cazzo duro hai. È così bello, per favore non fermarti." L'ho pregato.

"Puttana, non ho intenzione di smetterla presto. Ti senti troppo bene e ho aspettato a lungo per questo. Ti scoperò finché non sarai svenuto." Ne sussurrò Michael mentre mi sculacciava ancora una volta.

Ma le sue parole furono il grilletto.

Ha iniziato a scoparmi ancora più forte e a giocare di nuovo con il mio clitoride.

Non potevo più aspettare e ho iniziato a venire forte.

Dalla mia bocca uscivano parole che non ero nemmeno sicuro che fossero coerenti.

Potevo sentirlo pompare più velocemente e il suo cazzo gonfiarmi nel culo.

Poi ha lasciato cadere il suo carico sul mio culo, riempiendolo.

Poi filtra dal mio sedere, mescolandosi con i miei succhi che mi colano lungo le cosce.

Ha pompato ancora un paio di volte assicurandosi di lasciare tutto dentro di me.

Il mio corpo si contorse in uno squisito piacere.

Quando entrambi abbiamo finito di goderci i nostri orgasmi tanto attesi, siamo caduti a terra.

Mi sono seduto sulle sue ginocchia, voltandomi e cercando di baciargli il viso.

Mi guardò negli occhi e io nei suoi bellissimi occhi nocciola.

Entrambi increduli per quello che abbiamo appena fatto.

Mi è scivolato via lentamente dal culo.

CAPITOLO VI

Dopo un po ', Michael mi ha messo i capelli dietro le orecchie e ha detto:

"Cristina, mi dispiace tanto che mi ci sia voluto così tanto tempo per dirti come mi sento. Ma sono contento che tu provi lo stesso per me. Non l'ho mai provato per nessuno quanto te."

Quando le lacrime hanno iniziato a rigarmi il viso, dato che non mi ero mai sentito così felice e capito prima, ho detto l'unica cosa che potevo.

"Mi sento lo stesso!"

Restammo seduti lì per un altro paio di minuti abbracciandoci, finché non sentimmo qualcuno scendere dal vicolo.

Ci siamo affrettati a vestirci e siamo corsi dall'altra parte prima che qualcuno potesse vederci, scoppiando a ridere.

Quando siamo arrivati al ristorante per uscire con i nostri amici, erano già tutti molto eccitati.

Hanno chiesto dove eravamo stati e abbiamo trovato una scusa.

Non credo che abbiano notato i grandi sorrisi sciocchi sul nostro viso o si siano resi conto che ci eravamo scopati a fondo.

Non vedo l'ora di tornare a casa da Michael per farlo di nuovo così difficile.

CHEF SOTTOMESSA 3

LYDIA

93

CAPITOLO I

Tutto è stato un turbine nelle ultime settimane.

Qualche settimana fa stavo scopando con Michael solo nella mia immaginazione.

Ma dal primo incontro sessuale di Michael con me nel vicolo dietro il ristorante, tutto era cambiato.

Quello che una volta era successo solo nei miei sogni, adesso è successo molte volte nella vita reale.

Oltre al sesso fantastico e dominante, Michael mi fa sentire speciale, bella e desiderata come mai prima d'ora.

Vengo da una grande famiglia che mi ama molto.

Ma devono amarmi e dirmi che sono bella.

Michael non ha bisogno di dirlo!

Si assicura di sapere che sono una ragazza speciale per lui.

Michael e io passiamo tutto il tempo che possiamo insieme.

Dormiamo quasi ogni notte nell'appartamento dell'altro.

In realtà, è qui a casa mia adesso.

Dorme ancora nel mio letto.

Abbiamo trascorso una notte lunga e impegnativa nel ristorante.

Saltiamo fuori l'un l'altro dopo come facciamo di solito.

Siamo anche riusciti a tenere nascosta la nostra storia d'amore al lavoro e con i nostri amici e familiari.

Non avevo intenzione di avere una relazione con nessuno con cui lavoro.

Voglio essere sicuro che funzionerà, ma non sono sicuro di come potrebbe influenzare la mia autorità come capo chef.

Quindi voglio solo stare attento finché non saremo pronti per far sapere a tutti.

CAPITOLO II

Sono le otto del mattino e gli ho preparato la sua colazione preferita da quando era bambino, solo con un tocco personale.

Questo include pancake combinati con banana, ananas e noci, conditi con panna montata e hot dog sul lato.

E ho preparato il caffè.

Tutti gli odori della colazione si mescolano nell'aria rendendola così buona qui!

Ovviamente indosso solo la sua maglietta e gli occhiali.

I miei capelli sono un disastro per la nostra ultima notte di grandi scopate, ma ho provato a usare le dita per domarli un po'.

Ho la mia band preferita che suona su Spotify

Una delle mie canzoni preferite sta suonando in tutta la cucina.

Oscillo da una parte all'altra, perdendomi nei testi strazianti della canzone.

"Tu sai solo quello che voglio che tu sappia. So tutto quello che non vuoi che sappia. La tua bocca è veleno, la tua bocca è come il vino. Pensi che i tuoi sogni siano uguali ai miei ... Oh, non lo so. No Ti amo, ma domani lo farò. Oh, non ti amo, ma in futuro lo farò ... "

"Cosa può chiedere di più un uomo come prima cosa al mattino?" Dice Michael dietro di me, sorprendendomi. "Colazione, caffè e una ragazza sexy con la mia maglietta" poi mi fischia.

Mi volto e vedo Michael in piedi sulla porta della cucina con i suoi pantaloni neri e grigi e uno sguardo vagabondo sul viso.

I suoi occhi brillavano come il fuoco, pieni di lussuria.

Le sue labbra morbide e succulente si aprirono leggermente, pronte per essere divorate.

Posso vedere il suo buffo rigonfiamento che porta a un posto delizioso che ho imparato a conoscere molto bene.

Mi si seccò la bocca vedendolo così divino.

"Sei pronto? Wow, ho tanta fame." Dice con un sorriso diabolico sul viso.

Ha un ottimo sapore di quello che ho fame in questo momento e non è cibo.

E due possono giocare a quel gioco.

"Se stai parlando di colazione, allora sì." Gli dico mentre mi volto e comincio a preparare i nostri piatti e le tazze di caffè. "Hai dormito bene? Lo so. Dormo sempre meglio quando sei nel mio letto. Soprattutto dopo del buon sesso!"

"E allora? Devi aver dormito molto bene la scorsa notte, allora." Mi dice con un occhiolino e un sorriso storto.

Wow, adoro la sua bocca e le cose che ci fa.

Vado verso l'isola della cucina dove Michael si è seduto e mi siedo con lui per il nostro caffè, poi i nostri piatti di pancake e salsicce.

Quando mi sono seduto ho fatto in modo di toccarlo leggermente con il sedere.

"Veramente ho dormito molto bene la scorsa notte, grazie mille. Ora mangia, mio uomo affamato!"

Ci siamo seduti uno accanto all'altro, toccandoci leggermente di tanto in tanto.

Ho preso un dito e l'ho trascinato sulla panna montata che copriva le mie frittelle e l'ho leccato via lentamente, guardandolo tutto il tempo.

Lo vedevo muoversi irrequieto e sapevo che stavo arrivando da lui.

Tuttavia, Michael stava cercando di nasconderlo.

Ho preso uno dei miei pezzi di salsiccia e ho cominciato a succhiarne il succo.

Mi stavo godendo ogni momento allettante di prenderlo in giro.

Questo è continuato per alcuni minuti, fino a quando Michael non ce la faceva più.

Michael si alzò e mi fece girare sul mio sgabello in modo che potesse stare tra le mie gambe e fissarmi profondamente negli occhi.

Ho visto che era molto eccitato.

La sua erezione stava gonfiando i pantaloni del pigiama e si stava avvicinando sempre di più alla mia figa ora bagnata.

Comincia ad alzare la mano fino al mio viso.

Pensando che stavo per sistemare i capelli dietro l'orecchio come fa di solito prima di baciarmi.

Sono rimasto sorpreso che continuasse ad andare avanti.

Si china, prende un po 'di panna montata dai miei pancake e mi porta la punta delle dita alla bocca.

"Aprilo," chiede Michael.

È caldo come l'inferno quando è dominante.

Apro la bocca e lui fa scorrere il dito.

"Ora, fai schifo." Continua con la sua voce severa.

Faccio quello che mi dice e comincio a leccargli e succhiargli il dito.

Aveva un sapore dolce.

Michael fece scorrere l'altra mano su e giù per la mia coscia.

Ogni volta che si avvicinava sempre di più alla mia femminilità sempre più dolorosa.

Mette altra panna montata sul dito.

Questa volta me lo mise sotto l'orecchio, poi lo leccò con la lingua così morbida.

"Alza le braccia". Michael mi dice.

Ancora una volta faccio quello che chiede.

Poi mi tira fuori la maglietta dalle braccia e la getta da parte da qualche parte.

Lasciandomi completamente esposto.

I miei seni coppa C sono ora nudi ei miei capezzoli sono duri mentre l'aria fresca del ventilatore a soffitto li accarezza.

Continua a mettermi la panna montata sulla clavicola, dove ho un tatuaggio con alcuni uccellini in volo.

Quindi lecca la panna montata e poi bacia ogni uccello.

Questo mi fa sorridere.

Poi Michael scende ai miei seni bianchi e paffuti.

Si prende il suo tempo stuzzicando ogni capezzolo, leccando e succhiando uno dopo l'altro.

La sua bocca sui miei seni è deliziosa e comincio a gemere quando li morde delicatamente.

Continua a strofinarmi delicatamente le mani sulla parte interna delle cosce, facendomi venire la pelle d'oca su tutto il corpo.

Poi mi afferra per la vita e mi solleva al bancone.

Ad un certo punto deve aver spostato il mio piatto, non me ne rendevo nemmeno conto.

Poi si rimette la panna montata sul dito.

Mi dà un bacio dolce e gentile.

Sto barcollando al pensiero di dove sta andando il dito questa volta.

Poi lo fa scivolare lentamente nella mia figa calda e stretta.

Tuttavia, sta scherzando molto su questo gioco.

Ci vuole tutto il potere dentro di me per non perdere il controllo.

Ma alla fine, ho ceduto al suo ritmo e ho lasciato che mi desse una masturbazione della mia figa.

Intreccio le mie mani nei suoi capelli mentre Michael continua a invadermi la bocca con la sua lingua.

Comincio a mordere e tirare il suo labbro inferiore.

Lo sento gemere.

Michael scivola in un altro dito e inizia a pomparli più velocemente e usa il pollice per lavorare sul mio clitoride.

Questo è incredibile!

"Michael! È così bello. Sì ... Continua così." L'ho pregato.

Prendo una delle mie mani e passo lentamente il suo collo, la spalla, il petto con la punta delle dita.

Continua a tracciare la mia mano su quel sentiero.

Su quel percorso sexy che mi porta in quel posto che amo!

Le slaccio la coulisse dei pantaloni del pigiama e le tiro delicatamente mentre cadono a terra.

Michael esce da loro e li prende a calci.

Comincio a palpare il suo culo perfetto.

Faccio scorrere le unghie lungo la sua schiena e scendo di nuovo per ritrovare la via felice.

Questa volta l'ho seguito fino in fondo e ho avvolto le mie manine attorno al suo grosso cazzo duro e ho iniziato a pomparlo.

Più velocemente pompo il suo membro grasso, più velocemente le sue dita lavorano sulla mia figa.

"Cristina sei così fottutamente sexy. Lo sai vero?" Ha detto mentre continuavamo a baciarci e mentre continuava a scoparmi e giocare con il mio clitoride.

"Sì, sto iniziando a crederci. Ma mi fai sentire sexy." Ho confessato mentre lottavo per ritardare un orgasmo che sentivo crescere dentro di me.

Michael deve essersi sentito come se stesse per venire da me mentre ritirava rapidamente le dita e seppelliva la faccia nella mia figa in procinto di avere un orgasmo.

Mi stava succhiando forte il clitoride e lavorando la sua lingua sulle mie labbra.

Quando ho iniziato a venire, ha continuato a leccare i succhi che scorrevano da me.

Mi aggrappai alla sua testa, tenendolo fermo sulla mia figa mentre urlavo in estasi.

Continuava a leccare e succhiare mentre il mio corpo iniziava a dimenarsi mentre ondate di piacere attraversavano il mio corpo.

CAPITOLO III

Quando il mio corpo iniziò a calmarsi, Michael mi guardò con uno scintillio negli occhi e un grande sorriso sul viso e disse:

"È il mio turno!"

Michael mi ha afferrato per la vita e mi ha tirato giù dal bancone.

Assicurandomi di stare saldamente in piedi, prima di sedermi sullo sgabello.

"Sarebbe un piacere, signore!" Dissi timidamente, mentre iniziavo ad inginocchiarmi su di lui.

Ho tenuto il suo enorme cazzo nella mia manina e poi mi sono ricordato della panna montata.

Penso che abbia bisogno di vendetta per il gioco di prima.

Mi alzo e lui mi afferra.

"Dove pensi di andare?" Lui mi dice.

"Ho deciso che avevo fame di qualcosa di più del tuo cazzo." Ho risposto con un sorriso, mentre cercavo la panna montata nel suo piatto.

"Ooooohhhh, questo sarà insopportabile e meraviglioso allo stesso tempo. Sei così cattivo." Michael rispose, mentre si appoggiava al bancone.

Poi le ho messo un po 'di panna montata in bocca, l'ho baciata delicatamente e le ho leccato il resto delle labbra.

Poi ne ho messo un po 'sui capezzoli e li ho succhiati.

Passando al sentiero felice, ne ho messo un po 'sull'ombelico e l'ho leccato per pulirlo.

Poi ho preso dell'altra panna montata e l'ho messa lungo il percorso, il che ha portato al mio posto felice!

Lentamente ho iniziato a leccarlo, avanti e indietro, su e giù, finché non mi sono imbattuto nel suo bel cazzo grosso.

Ormai Michael si lamentava e mi prendeva a calci, ma non ho ancora finito con lui.

Prendo ancora un po 'di panna montata e la spalmo leggermente sulla punta, scendendo lungo l'asta e la base del suo cazzo.

Lo lascio lì mentre gli tengo le palle e inizio a leccarle.

Succhio ogni palla, mentre lo guardo guardarmi.

Posso vedere nei suoi occhi che è già stato torturato abbastanza, quindi non sarò più cattivo.

Infine faccio attenzione a quello che ha voluto che facessi, a quello che mi implora con i suoi occhi.

Partendo dalla base, metto in bocca tutta la panna montata con una grossa leccata.

Poi lentamente gli avvolgo la bocca intorno e prendo la maggior parte del membro in bocca per la prima volta.

Poi comincio a succhiargli la testa da solo, per un po '.

"Fanculo piccola! Sei troppo buona con me! La tua bocca è fantastica!"

Michael riesce a malapena a parlare prima che me lo porti alla bocca, a tutto il membro, di nuovo.

Quindi inizio un'aggressione al suo grosso cazzo.

Succhiando e leccando il suo grosso cazzo ancora e ancora.

Sono implacabile, lo porto sull'orlo dell'orgasmo e poi mi fermo.

"Cosa stai facendo? Ero quasi arrivato! Non fermarti." Ha detto con gli occhi ardenti.

"È solo che non so se ho più fame. Dovrai supplicarmi se vuoi che finisca." Ho spiegato muovendo leggermente la mia lingua sulla punta del suo cazzo. "Vuoi di più?"

"Sì, voglio che tu mi succhi il mio grosso cazzo grasso finché non mi fai venire, poi voglio che tu beva il mio sperma e ingoi ogni goccia!" Egli ordinò.

Poi ha continuato dolcemente:

"Per favore e grazie!"

"Va bene, visto che l'hai detto così gentilmente, ti darò quello che vuoi."

Poi ho ricominciato a succhiargli il cazzo.

Stavo andando giù per le sue palle perché mi faceva venire la nausea.

Ero molto orgoglioso di essere riuscito a contenere la mia nausea e sono tornato al carico sul suo grosso cazzo.

Michael si alzò e mi tenne la testa e potevo sentirlo colpire la parte posteriore della mia gola mentre mi fotteva la faccia.

Gli ho afferrato il sedere e l'ho tenuto mentre andava sempre più veloce.

Potevo sentirlo iniziare a gonfiarsi in bocca.

Sapevo che si stava preparando a soffiare il suo carico, quindi mi sono tenuto stretto.

"Oohhh, sì, fanculo Cristina!" Ha urlato mentre volava con il suo carico che è entrato nella mia bocca con grande forza.

Mentre prendevo tutto il suo sperma e lo ingoiavo, Michael grugnì e ordinò:

"Esatto, sii una brava ragazza e ingoia tutto, piccola"

Ha pompato ancora un paio di volte mentre l'ultimo del suo latte mi è filtrato in bocca aspettando i suoi shock.

Mi ha sollevato in piedi.

Ho pensato tra me e me, era stato un pompino ben fatto.

Di sicuro ti è piaciuto molto.

Michael inclinò la mia testa e mi baciò teneramente e mi strofinò leggermente la schiena e le spalle.

Poi, schiaffeggiandomi forte sul culo, dice:

"Sei una ragazza molto cattiva, mi prendi in giro come hai fatto. Ma non ti vorrei in nessun altro modo."

"Lo stesso che ti dico, tesoro. Ti amo." Gli sussurrai nelle orecchie, strofinandomi il prurito sul culo. "Finisco di fare colazione."

Poi l'ho baciato sulla guancia e abbiamo finito la colazione.

CAPITOLO IV

Così è stato quasi tutti i giorni da quando siamo stati insieme.

Eravamo giocherelloni e ci piaceva scherzare l'uno con l'altro.

Ma potremmo anche essere seri e carini.

Penso che la varietà e il divertimento siano ciò che rende una coppia fantastica.

Almeno dalla mia limitata esperienza, questo è ciò che sembra funzionare tra di noi.

Più tardi quel giorno, Michael ed io siamo andati al ristorante per prepararci per il lavoro.

Ero tra le nuvole.

Prima della grande scopata della sera prima e ora della mattinata giocosa che abbiamo avuto.

Non ho potuto fare a meno di sorridere.

Non sono mai stato più felice in vita mia.

Dopo aver preparato i piatti per la cena, è arrivato il momento di svelare ai camerieri il menù di stasera.

Quando sono uscito in sala da pranzo mi sono fermato sui miei passi.

Là, al tavolo con il resto del personale e il proprietario, sedeva una nuova cameriera.

Era alta e dalla sua corporatura atletica potevo dire che si prendeva cura di se stessa.

Ha occhi blu scuro che sembravano l'oceano, labbra rosso rubino e lunghi capelli biondi ricci.

Sono stato subito arrossato.

Avevo bisogno di ricompormi per poterti parlare del menu della cena.

Mentre spiegava i vari piatti al personale e mentre prendevano tutto, cercò di non guardare la nuova cameriera.

Ma guardarla mentre le metteva in bocca la forchetta del mio cibo e guardarla godersela faceva molto caldo.

Ero attratto dalla sua bocca e dal modo in cui si leccava le labbra dopo pochi morsi.

Il modo in cui chiudeva gli occhi, gemendo leggermente e inclinando la testa all'indietro era molto ardente.

Era quasi come se stesse cercando di essere sensuale apposta.

Avevano finalmente provato di tutto e hanno potuto parlare ai clienti del menu di stasera con esperienza diretta.

Non poteva uscire abbastanza velocemente dalla parte anteriore del negozio.

Quindi sono uscito dalla porta sul retro per rinfrescarmi un po 'dopo ... dopo ... beh, qualunque cosa fosse.

Ho deciso di spazzolarlo via un po '.

Forse sono solo i miei ormoni o qualcosa del genere.

Non è una cosa grande.

Poi sono tornato dentro per iniziare il nostro servizio impegnato.

Non vedevo l'ora di uscire e incontrare la solita folla di amici e colleghi di lavoro al ristorante per cena.

I suoi nervi erano in superficie e aveva bisogno di riposare.

CAPITOLO V

Alla fine della serata, Michael mi ha baciato e ha detto che non sarebbe andato al ristorante per cena stasera.

Ha alcune cose da fare la mattina e doveva andare a letto presto.

Così sono andato al ristorante da solo.

È il tuo tipico ristorante in stile anni Sessanta.

Hanno una macchina per dischi in vinile che riproduce musica casuale.

E hanno i migliori hamburger e patatine fritte!

Colpisce davvero il posto dopo una lunga notte intensa.

Quando sono arrivato era tutto piuttosto morto.

C'erano un paio di vecchi che sono clienti abituali qui, al bancone a bere caffè e mangiare torta.

In un angolo c'erano degli adolescenti che non aveva visto prima.

Poi c'era il nostro gruppo di pazzi.

"Ciao a tutti!" Gli urlo dalla porta quando li vedo al nostro solito tavolo.

Erano tutti lì.

Il fratello di Michael, Tony, Frankie, uno chef di un altro ristorante, John, un cuoco e Julia, una cameriera, entrambi del ristorante ... e ... OMG è lei!

È la nuova cameriera.

Come, perché, cosa ...

Non riesco nemmeno a completare i miei pensieri quando comincio a sentire le mie guance riscaldarsi e la mia figa inizia a formicolare.

Immagino che Julia l'abbia invitata a venire.

Questa sarà una notte interessante.

Vediamo come va.

Spero di non rendermi ridicolo.

Sto pensando a tutto questo mentre cerco un posto dove sedermi.

Poi la nuova ragazza si alza.

"Ciao, mi chiamo Lydia, la nuova ragazza. Puoi sederti accanto a me se vuoi." Mi dice, con un accento del sud e un bel sorriso.

Guardo la sua bocca mentre mi parla.

Poi mi prende la mano e mi tira delicatamente verso il tavolo.

"Certo, immagino. Piacere di conoscerti ufficialmente, Lydia. Sono Cristina." Le ho detto.

Così mi infilo nel grande armadio nell'angolo in cui era seduta Lydia e lei si siede accanto a me.

Il fratello di Michael, Tony, è alla mia destra e Lydia è alla mia sinistra.

Frankie, John e Julia sono di fronte a me.

Abbiamo tutti ordinato il nostro cibo e le nostre bevande.

Lydia ci racconta di lei.

Viene da qualche parte nel sud, il che è evidente dal suo accento.

Si è trasferito qui per uscire dalla sua piccola città piena di molti interessi occupati nella sua vita personale.

Non gli piace che le persone conoscano tutti i suoi affari, ha detto.

Poi mi ha subito messo una mano sulla gamba e l'ha strizzata, il che ovviamente mi ha dato i brividi.

Cosa stai cercando di dire?

Mi sembra che qui da qualche parte ci sia un messaggio nascosto.

Stiamo parlando del lavoro e della vita in generale.

Poi Frankie inizia a raccontarci una storia esilarante su una ragazza con cui è uscito di recente, che è andata terribilmente male.

Quando Frankie racconta la sua storia, Lydia inizia a strofinare la sua mano contro la mia gamba.

Su e giù lentamente avvicinandosi alle mie cosce interne e poi più vicino alla mia figa ora bagnata.

Mio Dio, il suo tocco è così buono.

Mi guardo intorno e vedo se qualcuno nota quello che sta facendo, ma vedo che non lo fa.

Grazie Dio.

Ma come posso sentirmi così?

Amo Michael e pensavo non mi piacessero le donne.

Ma lei mi ha così eccitato adesso.

Continuo a immaginarla nel mio letto, che mi bacia ... mi lecca ...

"Wow! Sembra tutto così bello ragazzi. Avete tutti trovato un posto gioiello!" Dice Lydia, interrompendo i miei pensieri per l'arrivo del cibo.

Sollevato dal fatto che il cibo sia qui, inizio a mangiare il mio hamburger e patatine fritte.

Si spera che Lydia mi lasci da solo ora.

Tuttavia, non è così.

Anche se non ha più la mano sulla mia gamba, si lecca il succo e il sale dalle dita, molto lentamente.

Mi rendo conto che Frankie e Tony la stanno guardando.

Voglio dire, la ragazza sta succhiando e sta facendo un finger food.

Ci sta dimostrando che ha capacità di succhiare folli e ora sono ovvie.

Mi ha così distratto e acceso.

Riesco a malapena a mangiare il mio cibo.

Alla fine, tutti hanno finito e Frankie cerca di convincere Lydia ad andare con lui.

Ma Lydia lo rifiuta con il suo fascino del sud.

Quindi lui e Tony se ne vanno, con quello che sembra essere un fastidio dopo quella mostra che Lydia ha appena fatto.

Julia guarda John, stanno insieme da un paio di mesi e dice:

"Sei pronto per tornare a casa? Lo so che lo sono!" Dice con una chiara promessa negli occhi.

Poi vanno insieme.

"Beh, Lydia, vado a casa. È stato bello uscire con te. Dovresti tornare da noi. Penso che tu sia stata un successo!" Le ho detto.

Scivolo fuori dall'armadio e mi dirigo verso la porta.

"Sì, credo che tornerò. Sei venuto qui? Se è così, posso camminare con te. Abito molto vicino, molto vicino al ristorante, ma non mi piace molto stare da solo a quest'ora della notte." Lydia mi confessa mentre mi segue fuori dal ristorante.

Sembra spaventoso, ma c'è qualcosa di più, ma non sono sicuro di cosa.

"Certo, abito a un isolato dal ristorante, quindi è perfetto." Le ho detto.

Poi mi prende la mano e dice grazie.

Mentre camminiamo, mi racconta di più sulla sua famiglia a casa.

Gli parlo anche del mio.

Abbiamo avuto vite abbastanza simili crescendo.

È così bello parlare di queste cose con qualcuno che capisce la vita di una piccola città.

Quando siamo di fronte a casa sua, mi lascia andare la mano e si volta verso di me, mi mette le mani intorno alla vita e dice:

"Ebbene Cristina, grazie per avermi accompagnato a casa. È stato bello parlare con te e conoscerti meglio. Tuttavia, vorrei conoscerti ancora meglio."

Poi si china e mi bacia.

La sua bocca è morbida e gentile come immaginavo.

La sua lingua ha invaso la mia bocca quando l'ho aperta per invitarla a entrare.

Ha il sapore delle ciliegie.

Mi perdo nel bacio.

Le sue mani mi toccano il culo e mi spingono verso di lei.

Ma presto arrivo alla realtà e realizzo cosa sto facendo.

Non posso farlo, non con Michael.

Quindi me ne vado e dico:

"Mi dispiace di averti dato un piede o qualcosa del genere, ma ho un ragazzo che amo molto e non posso fargli questo. Penso che tu sia bella e davvero simpatica. Ma ... non posso."

"Cristina, sei una ragazza adorabile e non mi sorprende che tu veda qualcuno. Mi sorprenderei se tu non fossi proprio così." Lydia mi risponde.

Non so cosa pensare.

"Se sai che sto con qualcuno, perché mi pungoli?"

Ti chiedo di fare un passo indietro.

"Cristina, ho notato la tua reazione durante la degustazione del menu. Ho visto che mi guardavi e come sei arrossita. Poi mi hai fatto strofinare la gamba al ristorante."

Inizia a strofinare il dito sulle mie labbra.

Quindi continua:

"So che stavi pensando a me. Stavi pensando a quello che vuoi che ti faccia. Volevi che ti baciassi in questo modo."

Poi mi pianta un bacio sul collo.

"Vuoi che ti tocchi".

Poi mette una delle sue mani sul mio sedere quasi sulla mia figa.

"Vuoi che ti lecchi, qui"

Poi ha messo l'altra mano sulla mia figa e ha iniziato ad accarezzarla.

Mi sto godendo quello che mi sta facendo.

Baciarmi il collo, giocare con il mio culo e ora con la mia figa!

È così bello, ma cattivo e audace allo stesso tempo.

"So che mi vuoi Cristina, e va bene lasciarlo andare e permettere che accada. Per favore, vieni con me. Non ti farò fare nulla con cui non ti senti a tuo agio. Te lo prometto."

Mi prende la mano e io la seguo.

È come se le sue parole mi incantassero.

Mi ha così in calore adesso.

Sono stucco nelle tue mani.

CAPITOLO VI

Entriamo nel suo appartamento e lei suona della musica.

Erano i 30 Seconds to Mars, la mia band preferita!

Non ci potevo credere.

La canzone era "The Kill".

Il suono riempie il soggiorno.

Chiudo gli occhi e inizio a dondolare avanti e indietro sulla lettera.

"Ti piace questa canzone Cristina?" Chiede Lydia mentre mi porge un bicchiere di vino bianco.

"Sì, in realtà i 30 Seconds to Mars sono la mia band preferita!" Gli dico mentre si siede accanto a me sul divano.

Ci sediamo e beviamo il nostro vino e ascoltiamo la canzone.

Lydia ha messo il suo bicchiere sul tavolo e poi mi prende il mio per metterlo anche lui sul tavolo.

Accende alcune candele che sono sul tavolo.

Poi riporta la sua attenzione su di me.

Comincia a far scorrere il dorso delle sue mani sulle mie spalle, lungo il mio braccio e poi di nuovo sulle mie spalle.

Poi porta le sue dita al mio petto e traccia la scollatura della mia camicia viola e bacia dove erano le sue dita.

All'improvviso ho capito che volevo lei e nient'altro in quel momento.

Le prendo il mento e avvicino il suo viso al mio.

Guardo per un momento i suoi profondi occhi blu e poi prendo possesso della sua bocca con la mia.

Scopa appassionatamente la sua bella bocca.

Le mie mani sono intrecciate tra i suoi capelli mentre lo tiro delicatamente.

"Ahhhhh ..." Lydia geme nella mia bocca.

Lydia inizia a togliermi la camicetta e poi il reggiseno nero.

Si ferma a leccare ogni capezzolo.

Poi le tolgo la canottiera rosa e il reggiseno di pizzo rosa.

Dio!

Ha davvero un corpo fantastico e un seno pieno e opulento.

Dovrebbero essere almeno una tazza D, forse doppia D.

Prendo i suoi seni flessibili in bocca e succhio un capezzolo.

Pizzico l'altro in modo che non si senta escluso.

Mentre lavoro i suoi seni, lei inizia a sbottonarsi i jeans e poi sbottonare i miei.

Le rilascio i seni e Lydia mi tira sul divano.

Mi toglie il fiato, sembra così sexy!

Non posso credere che stia succedendo.

Non posso credere di sentirlo così forte per lei.

Lydia mi mette le dita sulla vita e mi abbassa i pantaloni.

Cerco di aiutarla, cercando di prenderli a calci.

Alla fine me le toglie dai piedi.

Sono sdraiato sul suo divano completamente nudo, tranne che per il mio perizoma nero.

Mi solleva il piede e inizia a succhiare le dita del mio piede sinistro.

Poi mi bacia mentre sale lungo la mia gamba, fino alla parte interna della coscia.

Quindi ricomincia sulle punte dei piedi del piede destro e sale sulla gamba fino alla parte interna della coscia.

Baci morbidi e caldi riscaldano la mia pelle.

Respiro più pesantemente di prima.

Sento l'odore delle candele al cocco che hai acceso prima.

Adoro l'odore della spiaggia e ora mi ricorda i suoi occhi blu oceano.

La guardo e lei mi sta guardando attentamente, lasciando una scia di baci sulla mia pelle pallida.

Quando raggiunge la mia figa, prima lecca entrambi i lati delle mie labbra esterne.

Poi tira il mio perizoma di lato e fa scorrere la lingua sul mio clitoride gonfio.

Lo fa ancora e ancora.

Andando sempre più veloce.

Poi immerge la sua lingua nelle mie labbra interne e inizia a leccare.

Prende i succhi che sono già presenti nella mia figa bagnata.

Poi inizia di nuovo a succhiare il mio clitoride.

"Fanculo Lydia! Oh mio Dio! Ci si sente così fottutamente bene tesoro" le dico tra i respiri.

Mi allungo e le metto una mano tra i capelli e gioco con le mie tette con la mano libera.

Ma lei mi prende le mani e me le mette ai lati e continua a succhiare senza perdere un colpo.

È dominante e implacabile e questo mi eccita ancora di più.

Continua a succhiare e ora le sue dita stanno lavorando sulla mia figa bagnata.

Non so quanto ancora posso sopportare prima di cadere verso l'orgasmo.

"Ooooohhhh! Mio Dio!" Urlo quando il mio corpo inizia a tremare.

Lydia sta cercando di afferrarmi le mani mentre mi muovo sotto la sua bocca abile.

"Va bene, lascia perdere. Smetti di resistere e trova la tua liberazione." Mi incoraggia.

Le sue parole erano ciò che avevo bisogno di sentire e ho lasciato andare.

Mi ha lasciato le mani e mi ha tenuto il culo mentre continuava a leccarmi la fica.

Ho iniziato a venire molto forte.

Il mio corpo aveva le convulsioni.

Onde di estasi iniziarono a sommergermi.

Stava fluttuando sempre più lontano dalla realtà.

Fino a quando non ho finito l'orgasmo più incredibile che abbia mai avuto in vita mia.

CAPITOLO VII

Una volta che ho ripreso fiato, Lydia mi ha baciato su tutto il corpo, prendendosi il suo tempo sulle mie tette.

Poi si alzò e continuò a baciarmi sulla bocca.

Potevo assaggiarci i miei succhi.

Aveva un sapore così dolce mescolato al suo lucidalabbra ciliegia che mi sembrava che fosse lì, dentro di lei. adesso.

Il profumo delle candele di miscelazione mi stava eccitando di nuovo.

L'ho afferrata e mi sono voltata in modo che fosse sotto di me.

L'ho baciata forte, mordendole e tirandole il labbro inferiore.

Questo la fece gemere.

Mi mise una mano sul viso e mi strofinò la guancia con il pollice.

Era così dolce e mi ha fatto sorridere.

Ci guardiamo negli occhi per un momento.

Poi ho iniziato a baciarle l'orecchio.

Mordicchiandosi e succhiandosi leggermente il lobo dell'orecchio.

Comincia a canticchiare.

Ho adorato il suono che ha fatto perché gli piaceva quello che sto facendo.

Ho iniziato a muovermi e baciarla sul collo, sulla clavicola e sul petto.

Sta giocando con i miei capelli.

Lecco tra i suoi enormi seni, assorbendo il suo profumo come ha fatto con me.

Poi continuo a scendere fino all'ombelico.

Ha uno stomaco stretto con addominali incredibili.

Le lecco l'ombelico e le infilo la lingua.

Poi comincio a spostarmi più a sud.

La bacio sui fianchi e poi sulla piccola pista di atterraggio che porta alla sua figa bagnata.

Prendo un respiro profondo e lei ha un ottimo profumo.

Il suo mormorio diventa più forte quando lecco la mia prima fica di questa donna.

Aveva un sapore dolce come una pesca.

Alzai lo sguardo per vedere se si stava divertendo, e aveva gli occhi chiusi, la bocca aperta e mi resi conto che ansimava.

Sembra che si stia divertendo.

Continuo a leccare ed esplorare la sua figa con la mia lingua.

Trovo il suo clitoride e lo tocco velocemente con la lingua e poi inizio a succhiarlo.

Le mani di Lydia vanno immediatamente alla mia testa mentre mi fa segno di continuare.

Quindi continuo a succhiare il suo clitoride.

Poi faccio scorrere un dito nella sua figa.

È molto stretto.

Non posso fare a meno di chiedermi se sia mai stata con un uomo prima.

Lavoro la sua figa finché non la allento un po 'e poi faccio scorrere un altro dito.

Continuo a succhiare e leccare il suo clitoride mentre la scopo con le dita.

Poi metto il pollice nel suo buco del culo stretto e inizio a strofinarlo.

Questo va avanti per un po 'e comincio a sentirla tremare.

So che è vicina quindi comincio davvero a pompare le dita più velocemente dentro e fuori dalla sua figa stretta.

Succhio più forte sul suo clitoride e le strofino il culo più velocemente.

Si aggrappa alla mia testa più forte e inizia a spingere il bacino mentre si fa duro.

I suoi succhi iniziano a uscire da lei e prendo tutto ciò che riesco a prendere con la bocca.

Comincia a scendere dal suo orgasmo, quindi le accarezzo leggermente il corpo mentre inizia a dimenarsi.

Mi fermo.

Alzo la mano e la bacio.

"È stato fantastico Lydia! Mi è piaciuto vederti venire così!" Ho detto.

"Sei sicuro di non interessarti alle donne? Quello che è certo è che sai usare quella tua bocca!" Lei mi ha chiesto.

"No, non mi interessava. Ma spero che non sia nemmeno l'ultima volta che lo faccio!" Gli dico con un sorriso osceno sul viso insieme ai suoi succhi.

"Spero di no. Voglio che tu me lo faccia molte altre volte!" Disse Lydia con un sorriso soddisfatto.

FINE